# 陶淵明幻視

長谷川 滋成

溪水社

狭い川にかかった小さい橋が柴桑橋

柴桑橋の下の風景

83歳になる陶村の老婆

老婆の家からやや下った位置から見た廬山

# 陶淵明幻視／目次

# 序　言──わしはだれなん

「わしはどこの生まれかわからん。名前もはっきりせん。わしはだれなん」

これは自分が書いた自分の伝記の書きだし。自分とは陶淵明《とうえんめい》。淵明は今から千六百年前ごろ中国に実在した人物である。実在した淵明が自分の伝記をなぜこう書きだすのだろうか。

伝記の題は「五柳《ごりゅう》先生の伝」。五柳は五本の柳の樹。淵明のあばら屋には柳が五本植えてあったらしい。先生はここでは隠者が自分の号を名のるときに用いるそれであろう。五柳先生とは淵明の号。五柳先生の伝とは五柳先生という隠者《いんじゃ》淵明の伝記ということのようである。自叙伝である。

「わしはどこの生まれかわからん」「名前もはっきりせん」。淵明が死んで千六百年経ったいま現在は、淵明の生まれや名前には諸説ありわからないことがある。しかし、自分の伝記を自分が書くそのときは、淵明は生まれも名前も承知しているはずである。わかっているがとぼけているのであろう。「どこの生まれかわからん」という言いかたは、昔の隠者がよく使う手で、その連中を探すのはむずかしくない。「名前もはっきりせん」もおとぼけであろう。

後世の人たちは「五柳先生の伝」は事実の記録だと言う。事実の記録にしては意表をつく、型破りの書きだしである。自分の伝記を書くのに事実とは違うことを書く。淵明はおそらく計算のうえでそうしたのであり、そうしたい思いが淵明の心中にあったということであろう。その思いとは何なのか。手がかりは右の隠者という語。役人にならず世俗を避けているのが隠者。淵明は実は意に反して四度役人になった。その意味では正真正銘の隠者ではない。中途半端な隠者である。そのあたりの忸怩《じくじ》たるものがおとぼけの書きかたをさせた一因かもしれない。

「五柳先生の伝」は右の書きだしに続いて、五柳先生の人柄、信条、読書、飲酒、衣食住、詩文、人生観、死について記し、最後に黔婁《けんろう》、無懐氏《むかいし》、葛天氏《かつてんし》を登場させ、百二十五字の伝記を閉じる。

「黔婁が言っているではないか。〈貧賤にくよくよせず、富貴にあくせくしない〉と。これは五柳先生のような人のことではないか。おいしい酒を飲み詩を作り、みずからの抱負、信条を楽しんでいる。五柳先生は無懐氏の世の人であろうか。それとも葛天氏の世の人であろうか」

黔婁は紀元前の春秋時代の人で、二、三の国から役人になるよう誘われたがすべて断り、死ぬまで役人にならなかった。〈貧賤にくよくよせず、富貴にあくせくしない〉とは、黔婁の妻が黔婁を評した語。黔婁が死んだとき、屍を頭から足まで覆う布がないほど貧しく、弟子の一人が斜めにかけようとしたので、妻が、

「夫は邪《よこしま》なことが嫌いでした。斜めにするのは夫の意に背きます」

と、言い聞かせた。正を好み邪を嫌い、生涯を貧賤で貫いた志の高い人物であった。

無懐氏、葛天氏は自給自活、無為自然の暮らしこそよしとした伝説時代の帝王。

「五柳先生の伝」の最後に昔、昔のその大者の黔婁、無懐氏、葛天氏を登場させる意図は、五柳先生と同じ境遇の先人を見いだし、それによって五柳先生をその人たちと同じ歴史の中に位置づけようとしたのではあるまいか。言い換えると、五柳先生は今の世の人ではない。

昔、昔のその大昔の世の人である。かく考えると、意表をつき型を破って書きだした淵明の計算、それは納得されるのではないか。五柳先生は昔、昔のその大昔の人だから「わしはどこの生まれかわからん。名前もはっきりせん。わしはだれなん」と言わざるを得なかったのではないか。

# 桃　林──《別天地》へ誘う

淵明《えんめい》は夢を見た。しかも昼間。春の日の昼下がり、南の窓辺で日なたぼっこしていると、陽気に誘われうとうとしてしまった。長くて深い夢であった。以下はその夢物語である。

そこには桃の林があった。どこまで続いているかわからない。

川の両岸には今を盛りと桃の花が咲きほこっている。花びらは小さくて白や淡い紅。ときにそよと吹く風にひとひら、ふたひら散り、あたり一面にいい香りをただよわせている。どこまで続くかわからない両岸の桃の林は、桃の樹だけで雑樹は一本もない。美しさといったらこの世のものとは思えず、あでやかさ、すばらしさは類を見ない。

西の空には三日月が残り、空気はややひんやりし、肌寒さを感じる春半ばであった。

何とも言えない風情に誘われて、里の方から老人が独りとぼとぼやってきた。年格好は五十過ぎであろうか。年相応の体つきで、小柄でやや痩せ気味である。頭には白いものをいただき、鬚《あごひげ》も白く胸の辺まで伸びている。身には継ぎはぎした汚れた布を二、三枚まとい、腹のあたりを縄でくくっている。眼はやさしそうで、耳は大きいが、鼻は小さめである。顔や手には無数の皺《しわ》があるが、それは老人の暮らしむきを表しているように思われた。全体の雰囲気は気のいいじいさん、という感じである。見ると、右の手に漁具を持っている。漁師らしい。名を隠者風に黄道真《こうどうしん》と名のっていた。

老人は漁具を持ち、川にそってゆっくり歩いていたが、だいぶ経って川柳につないでいた小舟を見つけるや、身をかがめて艫《ろ》をつかまえ、倒れないようにゆっくり体を入れた。体を入れ一服した後、上流へ舟を漕ぎだした。

五十過ぎという年のせいも、また上流へ漕ぐせいもあるが、咲きほこる桃の花の淡い紅や白い花びらが散り、いい香りがただよう風情にとりこになり、舟は遅々として進まない。十代のころからこの風景を見てきたが、この日の風情は格別であった。

川幅は三十尺足らず、水深は十五尺ばかり。川のあちこちには、舟を操るには支障がない程度の、名もない雑草が生え、そこが魚のねぐららしい。水底を見るといく種かの魚が泳いでいる。清くすんだ水で、水面から魚の姿が認められる。老人は今は四、五日に一回、釣り糸を垂れて川魚を取り、里の者へわずかの銭で分け、暮らしの足しにしている。

この日もいつものように釣り糸を垂れるが、なかなか釣れない。水が冷たすぎるのか、淵へ隠れひそんでいるのか、それとも桃の林に見とれているのか、餌に食いついてこない。

(こんな日だって…)

(釣れなくたって、別にどうてことは…)

(暮らしが立たなきゃー、それはそれで…)

と、思い思いしながら、釣り糸を垂れる。しかし、釣れない。釣れないので、釣り糸を惰性で垂れる。手には釣り糸を持っているが、心には桃の林しかない。桃の林にとりつかれた老人は、

(どこまで続くのだろう)

(終わりを見きわめてやろう)

と、思い思いしながら、もはや釣り糸を垂れない舟は、知らず知らず上流へ上流へ、どんどんどんどん進んでいく。漁師になって三十年ばかり、その間に意に反し役人をしたことも

あるが、こんな遠くまで来たのは、この日がはじめてであった。とうとう舟を進めることができない所までやって来た。舟を下りるしかない。

どれほどの距離を漕いで来たのか、それは定かでない。川柳につないでいた小舟をといたのが辰《たつ》の刻、舟を進めることができない所へ着いたのが申《さる》の刻であった。遅々としてではあったが、かなりの時間漕いだことになる。

老人は舟を下り、あたりを眺めた。長く長く続いた桃の林はここで忽然と消えた。何たることかと、目を疑ったが、一本も見えない。漕いで来た川はといえば、川幅をせばめ水深を浅くして、前方へ続いているようである。川の右手、左手にはかなり高い山がある。仰いで見ると、左手の山より右手の山が高そうだが、どちらの山も岩でごつごつと切り立ち、岩肌には青い苔が生え、人の力で登ることはとうていできそうにない。もちろん人家はなく、人の住んでいる気配はまったくない。里から遠く遠く離れたこの風景は、里の風景とは趣きを異にしている。老人は夕がたのことでもあり、寒くも寂しくもなり、何となく《別天地》にいる気分であった。

左右の山を眺めていた老人は、右手の山のふもとにふと小さな穴を見つけた。近づいてよくよく見ると、あるかなきかの光が見える。光を見て救われたような思いもしたが、うす気味悪いような思いをしたのも事実である。老人は舟を漕いで川を下り里へ帰ろうか、それとも小さな穴に入ろうか、悩んだ。穴に入るには相応の勇気と決心がいる。いま川を下れば、今日のうちに帰れるのでは、と思わないでもなかった。老人はしかしそれを一蹴し、穴に入ることに決めた。それは好奇心、冒険心からである。とぎれながらも三十年ばかりこの川で漁をしながら、ここまで来たのもはじめてだが、穴を見つけたのもはじめてのこと。これを見ずしてと、五十過ぎの老人は思ったのである。

小さな穴に入る決心をした老人は、帰りも漕がねばならぬ小舟をそばの木にくくりつけた。暮らしをつなぐ漁具を小舟に大切にしまった。しまい終わるや、やおら改めて小さな穴をのぞきこんだ。確かにあるかなきかの光が見える。だがその光がどこから射しこんでいるのか、その源は確認できない。入りはしたが、途中で迷いに迷って、進むことも退くこともできなくなる。そうならぬという保証はまったくない。決心したからには勇をふるって、入るしかない。しかし、恐怖は消えない。

老人は消えない恐怖を持ったまま、思いきって身ひとつで穴の前に立った。小柄な身をさらにたたむようにして、小さな穴に一歩踏み入れた。穴の中は小石がごろごろし、小石は湿気でぬるぬるし、なかなか足が進まない。老人は転ばぬように、ゆっくりゆっくり前進した。穴に入る前の恐怖は引きずったまま。穴の中がどうなっているのか、そのようすはまったくわからない。ときに深く息をし、恐怖をおさえ、歩を進めるうちに、やっと一人歩けるほどの路が、少しずつ広くなった。数百歩進んだと思われるほどの所で、あるかなきかの光の源が見えた。その光は進んで来た路の正面ではなく、やや上方に見えた。とすると、進んで来た路は平坦ではなく、緩やかに上っていたのであろう。老人は光の源を確認し、ようやく恐怖が消え、ひとまず安堵した。しかし一方、光の源の向こうに何があるのか。老人には別の恐怖が生じた。合わせて期待も生じた。

老人は恐る恐る光の源に近づいた。穴から顔ひとつ出した老人は、三百六十度からりと開けた台地を見た。里では見たことのない光景であった。穴から全身を出し、改めて台地を見わたし、台地に足を踏み入れた。そして、一つ一つ確認しながら前後左右の光景を見て回ることにした。ここには人が住んでいる。平らかで広々とした土地。造りのがっちりした家々。よく肥えた畑。きれいな池。植わっている桑や竹。東西南北に通じる道。木の上で鳴く鶏。

路地で吠える犬。――家の数も人の数も多くはなく、のどかでのんびりした、小さな村のようである。人の暮らしとしてぜいたくを思わなければ、この村にある土地、家、畑、池、桑、竹、道、鶏、犬で充分暮らしはできるのであろう。

（どの家も自分の物は自分で作る。他人の物はほしがらない。自分の物で足れりとする。自給自足の暮らしをしているのだろう）

老人は見て回りながら、そう思った。

老人は見て回りながらふと、あの桃の林はいったい何だったのだろう、あの小さな穴は何だったのだろうとも思った。桃の林に誘われ、小さな穴に入ってたどり着いたのが、この地である。

（桃の林や穴はこの地への誘い人だったのだ）

老人は、そう思った。

昔々の中国人は、桃には不可思議な力がある、と考えていたらしい。人に災いをもたらす悪い気を追いはらう力がある、人の寿命を延ばしてくれる力がある、不老長生の仙人になれる力があると考えたらしい。こうした力を持つ桃の林が続き続いて小さな穴にたどり着かせた。小さな穴に入らないと、この地へたどり着くことはできない。小さな穴、それも身ひとつ入るかどうかの小さな穴。その穴の入り口は穴の外と穴の内とをつなぐ役割をする。穴の外は今いる所。穴の内は今から行く所。小さな穴の入り口は既知から未知へ、現在から未来へ導く役割をする。

さて、老人は桃の林と小さな穴に誘われ、この地にたどり着いたのである。この地はこれまで見たことも聞いたこともない《別天地》である。老人はしだいに好奇心、冒険心が大きくなり、村人がどんな暮らしをしているのか、本気でぶらぶら見て回ることにした。畑では男も女も種をまいたり、収穫したりして精をだしている。着ている物は特別な物ではない。老人と変わらない。道端では老人や子どもたちがうれしげににこにこしている。着ている物は変わらないのに、村人の暮らしは自分と違っている。老人は、

（なぜだろう）

と、いぶかしげにひょいと首をひねった。

あたりをぶらぶらぶらぶら見て回っていると、李八《りはち》と名のる老人に声をかけられた。いつもは見かけない老人を見た李八老人はびっくり仰天し、しかし、親しげに、

「お前さん、どこから来た」

と、声はやさしく明るかった。老人もびっくりし、ややたどたどしく、

「里から桃の林に誘われ、小さな穴に入り、何時間もかかってやって来ました」

と、低い声であらましを語ったあと、この地にたどり着くまでのようすを丁寧に語った。

老人の話を終わりまで聞いていた李八老人は、見たことも聞いたこともない話に感心し、家に連れて帰ることにした。家には李八老人の両親と妻と五人の子どもがいた。家に着くや、李八老人はすぐに家族と酒を用意し鶏をつぶし、厚くもてなしてくれた。酒好きの老人は遠慮することなく、杯をかわすほどにいい気分になった。李八老人の家にはいつの間にか隣の家族、その隣の家族など、珍客の老人を見に集まっていた。酒で気を許した老人は、里のようすや家族のことまで語りだした。

里のようすや家族のことを語り終えた老人は、落ちついた声で、

「みなさんは、いつからこの地に住んでいるんですか」

と、いぶかしげに尋ねた。

すると、李八老人の隣に住んでいるという、顎《あご》にりっぱなひげを蓄えた長老らしき李一《りいち》老人が、威儀をただし、

「この地に住んだのは秦《しん》の始皇帝《しこうてい》の世のこと。わが先祖は秦の戦乱を避け、妻や子をはじめ一族郎党、それに村の老若男女残らず引き連れ、この地にやって来たのじゃ。以来、先祖代々、この地を一歩も出ず、この地以外の者とは縁を切っているのじゃ」

と、この地は戦乱を避けた者の集まりであり、秦の世から外部に出たことも、外部から入って来ることもない、のどかでのんびりした村であることを強調し、続けて、

「ところで、今は何という時代じゃ」

と、事情を察すれば当然だが、世間知らずの質問をしてきた。この地に住む村人は秦の後の前漢《ぜんかん》・後漢《ごかん》の両漢時代、魏《ぎ》・呉《ご》・蜀《しょく》の三国時代、それにつぐ西晋《せいしん》時代。及び今の東晋《とうしん》時代。これらの時代があったことすら知らないのだ。いわんや国々の具体的な興亡は知るはずがない。老人は秦滅亡から東晋再興までのおよそ五百三十年の歴史を詳しく語ってやった。中国はこの間、漢民族同士の戦いに加え、北方の他民族の侵入もあり、日夜戦いに明け暮れ、人々の心の休まる日はなかった。

夜がふけるまで五百三十年の歴史を聴いた村人は、

(そうなのか)

(わが先祖はえらい)

(この地はいい所だ)

と、口々に言い、一人ひとりそう思った。老人もそう思った。まさに《別天地》である。

夜が明けると、李八老人の家の前は人だかり。李八老人の家に珍客がいると聞きつけ、やって来た村人である。名を聞くと、李三、李十六、李三十四、李五十七、李八十二と言い、まだまだいる。この人たちが老人を自宅に連れて帰り、老人の大好きな酒を用意し、ご馳走を作りもてなした。老人からいろいろさまざまなことを聞きだし、先祖がこの地に来て以来、長い歳月が過ぎ、世俗では戦いに明け暮れたことを知り、驚いた。

老人が李一長老に尋ねた。

「ここに住む人の姓はみんな李なんですか」

「そうだ。この村は李村という村なのだ。みな同じ仲間だが、便宜的に李一とか、李八とか呼んでいるのだ」

と、答えた後、

「李村と同じような、のどかでのんびりした村が他にもある」

と、言い、

「同じ姓の村で、張村、王村、孟村、孫村、周村などだ」

「他にもまだまだある」
と、つけ加えた。

李一長老の話を聞きながら、老人はのどかでのんびりした李村の暮らしと、日々あくせく働いてもままならぬ里の暮らしとを比べている自分に気づいた。李村に一か月ばかりいたことになるが、李村の人たちの暮らしは、九百年も前に老子《ろうし》という思想家が唱えていた《小《しょう》国寡民《こくかみん》》の話に似ていると思った。戸数も人数も少ない小さな村、それが《小国寡民》。李村はまさにその村であった。老子の唱えるその村は物質や文明を軽んじ、精神や文化を重んじ、人としての温かさ親しさを大切にし、穏やかで安らかな暮らしをし、何よりも人の命を第一としていた。男が女を、大人が子どもをいたわり助け、風俗や習慣を楽しみ、取れた収穫は同じように分け、ここで生まれた者は、ここから出ることなく、ずっとここで暮らし、ここで死ぬことになっていた。

李村は老人には前代未聞、驚天動地、半信半疑、感慨無量の地で、はじめて経験する環境だが、心地よい一か月であった。まさに《別天地》。

（自分もこんな村で暮らしたい）

強くそう思った。

（この地にまだいたい）

とも思ったが、里には家族がいる。思いは残りはするが、立ち去ることにし、それぞれに帰りのあいさつをした。すると、李一長老が村を代表して、

「この地のことは帰って里の者には言わぬように」

と、釘をさした。


立ち去った老人は、来た道を引き返した。台地から穴に入り、穴から出ると、木にくくりつけた小舟を探した。小舟を漕ぎ下りながら、老人は手の届く木々に目じるしの赤い布切れをくくりつけた。下りの舟足は速く、里までは思ったほどの時間はかからなかった。

小舟から下りた老人は、興奮気味に郡の長官の武不徳《ぶふとく》を訪ね、一か月ばかり体験したことの一部始終を報告した。その意図は、のどかでのんびりした《別天地》がこの世にはあることを郡を取りしきる為政者にわからせ、老人の住むこの里にそれを実現させたかったのだ。武不徳という男は独占欲が強く、袖の下を使って名誉、地位をわがものにし、郡下の民から財物をまきあげ、天下の美女を豪邸に侍らせ、夜を徹して酒やみだらな音楽に興じていた。人としての温かさや親しさは微塵もなく、物質や文明を徹底的に追究し、俗念に汚されたと

んでもない輩であった。

　報告を受けた武不徳は間髪を入れず手下で一族の武不義《ぶふぎ》に、

「この老人について《別天地》を調べてこい」

　と、命じた。老人はわくわく気分で武不義を引き連れ、目じるしの赤い布切れをあてに、小舟を漕いで川を上ったが、途中で道に迷い、李一長老らが住む《別天地》に行き着くことはできなかった。目じるしの赤い布切れがありながら道に迷ったのは、武不義の心中、いや武不徳の心中に、やましさ、後ろめたさがあったからであろう。老人が帰る際に、李一長老が、

「この地のことは帰って里の者には言わぬように」

　と、釘をさしたのは、物質や文明を重んじ、人としての温かさや親しさがなく、争いを好み足るを知らぬ、いわば俗念に汚された輩がやって来て、のどかでのんびりした《別天地》を荒らされることを嫌ったからである。

　これがあってまもなく、玄春《げんしゅん》という男がこの話を聞いて小躍りし、出かけるつもりであった。しかし、出かける前に病気になり、死んでしまった。玄春は生きていれば、行けたかも

しれない。玄春は山や沼をぶらつくのが好きで、かつて薬草を探して衡山《こうざん》に入ったところ、奥深く入り過ぎて道に迷い、帰れなくなったことがあった。世俗にどっぷりつかった武不徳とは違い、世俗には無関心な世捨て人であった。

ここで淵明は長くて深い夢からようやく覚めた。気分はさわやかで、心地よかった。心の中ですごい、すごいを連発し、しばらく余韻にひたっていた。

（あの《別天地》を見たのは、後にも先にもわし一人。のどかでのんびりした《別天地》は、わし以外だれも知らない）

淵明は毎日のようにあの心地よい《別天地》の暮らしを思い、思えば思うほど《別天地》へ行きたくなり、衝動はおさえようがなかった。自分の住む里にあの《別天地》を作りたいと強く思ったが、適う世ではなかった。

淵明は長い間、だれにもあの夢物語を語ろうとしなかったが、数年後、里の者たちへ恐る恐る語った。すると、桃李《とうり》という老人が、

「それは夢物語ではない。あんたが見たその《別天地》へ実際に行った人の話を聞いたこと

がある」

「それはどこにあるのか」

「ここからはるか西の山岳地帯にあり、武陵桃源《ぶりょうとうげん》とか言っていたなあ」

（正夢なのか）

淵明は確かめたいと思ったが、死ぬまで武陵桃源へ行くことはなかった。

## 世　相――内憂外患の日々

淵明《えんめい》の生涯六十三年の世相は、内憂外患、戦々兢々の状況であった。

三六五年。淵明が生まれた。東晋《とうしん》の第六代皇帝の哀帝《あいてい》が死に、第七代皇帝の廃帝《はいてい》が即位した年。

四二〇年。劉裕《りゅうゆう》が東晋を滅ぼし、宋《そう》を建てる。敵国の民となる。淵明五十六歳。

四二七年。淵明が死んだ。宋の第三代皇帝の文帝の時。

世相の様子は淵明が生まれる前の東晋再興の時から、淵明が死ぬ時までとする。

東晋の前は西晋《せいしん》。西晋の都は北方の黄河中流域の洛陽《らくよう》。東晋の都は南方の長江下流域の建《けん》康《こう》（今の南京《なんきん》）。

西晋は八人の王が乱立して戦いあい、北方にいた他民族が侵入し、混乱を極め滅んだ。西晋の人々はこの混乱から逃れようと洛陽を捨て、南へ下って長江を渡り、場所を建康に移し東晋を再興した。北方から南方へ移動した戸数は、西晋の全戸数の十二分の一にあたるおよそ三十万戸と言われ、まさに民族大移動であった。

東晋になっても他民族の侵入は終わらず、国内でも天下を取ろうとする連中が現れ、内乱も収まることはなかった。東晋の人々は常に他民族の脅威と国内の政争で、政治的、社会的に緊張した日々であった。が、北方に残した親族、先祖の墓が忘れられず、他民族を撃って北方の地を取りもどしたい。そう思う武将たちが何度か戦いを挑んだが、結局は宿願を果たすことはできなかった。

三〇七年。このころ後に東晋の第一代皇帝となる元帝《げんてい》が洛陽を捨て長江を渡った。三十二歳ころである。

元帝とともに長江を渡ったのが王導《おうどう》、王敦《おうとん》らで、この腹心を中心に政治体制を整えていた。そのころまだ北方にいて晋国の再興を画策していた連中がいた。劉琨《りゅうこん》や温嶠《おんきょう》らである。王導は北方が今にも乱れるだろうと察知し、元帝に長江を渡って南へ行くよう勧めた人物であり、温嶠は長江に渡った元帝に晋国を再興するよう勧めた人物である。

劉琨は元帝に晋国を再興し、皇帝の位につくべき進言文を書いた。

「洛陽は崩壊し、人心は離反し、天下は騒然とし、帰順する所がありません。陛下には長江以南を安定させ、昔の呉《ご》の国を支配し、仁徳によって服従する者は懐《なつ》け、刑罰によって反逆する者は撃ち、権威によって不善の者はおさえ、温順によって人民を治められますように。純真さが敷きわたると、天下の人々は心が休まり、正義がゆきわたると、遠方の人々も大慶に思います」

「皇帝の位は長く空白にしてはならず、皇帝の政務は長く空白にしてはならぬと聞いております。一日空白にすると皇帝の位は危うく、十二日空白にすると政務は乱れます」

温嶠はこの進言文を持って長江を渡り、王導に面会した。温嶠は洛陽を中心とする北方の悲惨な状況を涙ながらに語ると、王導もこれを涙ながらに聞き、元帝を晋国再興の第一代皇帝とすることで一致した。元帝は西晋の基を築いた宣帝《せんてい》の子孫だったのである。

三一七年。東晋の第一代皇帝元帝が即位した。四十二歳。一つの体に二つの頭の牛が生まれるという怪異現象が起こった。

元帝は即位するや、天下に檄文《げきぶん》を飛ばした。

「トルコ族の石勒《せきろく》は黄河の北でやりたい放題。一族の石虎《せきこ》は黄河を渡り南に攻めて来たので、将軍の祖逖《そてき》に撃退させた。官軍は精兵三万に命じ水路、陸路両面からトルコ族に備え、祖逖の指示に従うように。石虎をさらし首にした者には褒美として三千匹の絹、五千斤の金、邑二千戸を遣わす」

東晋の領土はおよそ長江以南で、長江以北にはトルコ族のほかツングース族、チベット族、匈奴《きょうど》族の他民族が右往左往し、東晋の領土を狙っていた。元帝の政務の最大事はこれらの他民族対策であり、日夜神経をとがらせ、頭痛の種であった。それは元帝だけではなく、東晋の歴代十一人の皇帝みな同じであった。

王導、温嶠は元帝、第二代皇帝の明帝《めいてい》、第三代皇帝の成帝《せいてい》と続く三一七年から三四〇年ころまで、三代にわたって皇室を輔佐した人物である。この二人のほか庾亮《ゆりょう》、郗鑒《ちかん》らは明帝、成帝二代に仕えた重鎮である。こうした輔佐役、重鎮、腹心が東晋初期の政治を支えたのである。とりわけ王導の存在は大きかった。

王導は元帝とは身分、地位を超えた関係であった。政務はすべて決済し、元帝の信頼は絶大で、東晋再興の功績は王導が筆頭であると言われた。王導は名門貴族の琅邪《ろうや》の王氏で、一族には王敦、王羲之《おうぎし》らがいる。王導は三代にわたって宰相となり、乱れた世でも治まった世でもよく治め、政治は煩わしくはなかったので、後世に慈悲深い仁愛を残した、誉れ高い政治家であった。

王導と元帝との親密な関係を伝える話を二つ紹介しよう。

元帝は正月の儀式の際、信頼絶大の王導を玉座に座らせようとした。王導が固辞したので、元帝は改めて頭を下げた。すると王導は、

「太陽と万物が同じように輝いたら、家来たちは仰ぎ見ることができぬでしょう」

と、言い、太陽を元帝に、自分を万物にたとえ、固辞したのである。

元帝は子の司馬紹《しばしょう》、司馬裒《しばほう》のどちらを皇太子とするかで悩んだ。司馬裒は大成する度量があり、司馬紹より勝っていると思っていた。そこで王導に相談した。

「皇太子を立てる際、重んじるべきは年齢ではなく、徳だと思うがどうだ」

「お二方ともずば抜けた徳をお持ちで、優劣はありません。年齢を重んじるべきです」

徳に優劣がない時は、年長者を重視する――これが天下の秩序を維持する鉄則で、王導の

政治手法は手堅いものであった。元帝は王導の進言を受け入れ、年長の司馬紹を皇太子し、司馬裒は琅邪の王とした。

元帝に絶大な信頼を得ていた王導だが、その妻は嫉妬深く手を焼いた。

王導の妻は嫉妬深い女で、妾を持つことはならぬと禁じ、王導に仕える連中は大物、小物を問わず調べあげ選んだ。妙齢の女を見たら夫につめ寄った。辛抱できぬ王導はこっそり別館を建て、そこに多くの妾や妾の生んだ子を住まわせた。ある年の正月の儀式の折、高殿から遠く眺めていた妻は、羊に乗り遊んでいる子が見えた。どの子も端正でかわいく、いとおしくなった。腰元に言った。

「お前行ってどこの家の子か聞いておいで」

「四男さんと五男さんだそうです」

妻はこれを聞いてひどく驚き、怒り狂った。

すぐに車を用意させ、宦官《かんがん》と腰元二十人、それに刃物を持った男を引き連れ、こらしめようと車を走らせた。妻のこの動きに呼応するように王導も車を用意させ、手綱を握り車を飛ばした。牛の走りが遅いので左手を車の手すりにかけ、右手で麈尾《しゅび》を取り、麈尾の柄で牛の尻をたたいた。牛の走りに勢いが増し、妻より少し先に子らの所に着くことができたという。

王導は清々しい風がさっと吹いて来るような容貌だったといい、女性にはもてたのであろう。

妻のことではないが、こんな話も伝わっている。

王導はけちで、しみったれであった。役所にはおいしい果物がいっぱいあった。だれかにもらったのであろう。王導はそれをだれにもやらず、一人でこっそり食っていたが、食いきれず腐ってしまった。それを見た部下が、

「腐っています」

と、報告すると、王導は小さい声で言った。

「捨ててしまえ。息子には内緒に」

部下にも息子にもやらず、一人でこっそりうまそうにむしゃむしゃ食べている宰相の王導。腐らせるほどの果物。大人物を魅了するほど美味だったのだろう。その果物が李《すもも》であったら、それは珍品で高級品。だれも口にしたかったそれを一人じめにする宰相の王導。その場を想像すると、滑稽でありかわいらしくもある。

政治に敏腕をふるう王導もその私生活はこのようであった。それは王導に限ったことではない。地位、身分のある当時の連中はおおむねこのようであったらしい。

三一七年。漢族の張寔《ちょうしょく》が前涼《ぜんりょう》を建てる。三六三年。滅ぶ。

三一八年。二つの頭に八本の足、二つの尾に一つの腹の牛が生まれ、三年後に死んだ。

三一九年。首から前が別れた二つの頭の馬が生まれた。トルコ族の石勒が後趙《ごちょう》を建てる。

三五一年。滅ぶ。

三二二年。元帝が死んだ。古い祠の空洞の樹の中にいた大蛇が、空洞から頭を出し人から食べ物をもらっていた。王導の一族で大将軍の王敦が兵を挙げ反乱した。

三二三年。ある人の妻が死んで三日後に生き返った。

三二四年。王敦が再び反乱した。

王敦は王導と力を合わせ、元帝を輔佐していたが、元帝の寵愛厚い劉隗《りゅうかい》が王敦の権勢を妬み、王一族を皇室と離間させようと企んだ。王敦は立腹し劉隗を撃つことにし、都の建康から離れた地で兵を挙げた。反乱した王敦の鎮圧には元帝みずから鎧《よろい》を身につけ軍を指揮し、王敦一族の王導、それに淵明の曾祖父の侃《かん》も兵を率い応戦した。王敦の軍は勢いに乗じて都の建康にまで迫って来た。王敦の無謀に元帝は、

「貴公が晋の国を忘れず、ここで戦いを止めれば、天下は万事安泰。戦いを止めなければ、朕は長江を渡って北の古里に帰り、貴公に仕官の道を譲ろうではないか」

と、申し入れたが、王敦は聞き入れず、暴虐はいよいよますます度を加え、勝手に宰相と

名のり、国の内外の軍事を統括し、官軍の武将をつぎつぎに殺していった。軍事も人事も勝手放題、東晋を一人で牛耳り、手の施しようがなかった。

三二四年。二度反乱した王敦が死んだ。死因ははっきりしないが、罪を得て殺されたとか、にわかに死んだとか、自殺したとか。ある人が子どものころの王敦を見て、

「君は蜂のような目をしているが、声は豺《やまいぬ》のようではないね。将来君は人を食うに違いない。また人に食われるに違いない」

と、予言したという。「蜂のような目、豺のような声」とは残忍な人間を言う語。

王導は王敦が兵を挙げ死ぬまで、一族の王敦を敵にまわし、皇室を輔佐し防衛に当たったのである。身の置き場のない王導は一族二十人を引き連れ、毎朝官軍の兵車まで行き、平身低頭謝罪したという。王導の心中は察してあまりある。

王敦は非情で冷酷、狂暴な性格であった。当時、衣食住をはじめ万事王者並みの贅を尽くす男がいた。石崇《せきすう》という。あこぎな男である。石崇は酒の席に王敦を招いた。そこには王導もいた。

石崇は酒宴を開く時はいつも客を招いた。貴族の王導、王敦が招かれ、酒席には客に酒をつぐ美女がいる。美女に酒をつがれた客はその酒を飲みほさぬと、なぜかついだ美女は切り

殺されることになっていた。客が酒を飲みほすか、飲みほさぬかは、美女とはまったく関係がなく、責任もない。客の体調次第だし、客の気分次第。まったく罪のない美女が殺される。殺す指示をするのはもちろん石崇。美女が王導、王敦に酒をついだ。王導は下戸《げこ》だが無理やり飲み酔っぱらった。王敦はといえば、美女が何度もついでくれるのに、下戸ではないのに一向に飲もうとしない。飲まないと美女が殺される。二人ともそのことは承知している。王導は美女が殺されてはならぬ。そう思って無理やり飲んだ。王敦は飲めるのに飲まない。ほんとに美女が殺されるのか。その場の動きを目をこらしてじっと見ていた。動きがあった。三人の美女が殺されたのだ。しかし、王敦は泰然自若、平常心。顔色ひとつ変えず平然としていた。三人殺された後なお美女が酒をつぐが、王敦はなお飲もうとはしない。美女がまた殺される。これを見ていた王導は、

「なぜ飲まぬ」

と、つめ寄った。王敦ははき捨てるように言った。

「石崇が勝手に自分の家の者を殺しただけだ。おれが殺したのではない」

こうも言った。

「お前さんがとやかく言うことではない」

王敦は王導が自分を責めるのは筋違いだとはねつけ、一族王導の善意は王敦には通じな

かった。二人の人間性の違いが端的に現れた話で興味深い。

ところで王敦の妻は西晋の皇帝武帝の娘であった。その娘がどんな女で、どんな結婚生活をしたかはわからない。武帝の娘と結婚した当初、王敦が皇室の厠《かわや》に入った話が残っている。

武帝の娘と結婚したばかりのころ、王敦は厠に行った。そこには乾し棗《なつめ》がいっぱい入った漆塗りの箱があった。それは臭い消し用で鼻栓にするものだが、王敦は皇室の厠には果物を置くものだと思い、残らず食ってしまった。厠から出ると、腰元が水を張った金製の鉢、豆の粉の入った瑠璃製の小鉢を持っていた。それを見た王敦は豆の粉を水の中に入れて飲んだ。乾し飯だと思ったのである。腰元は口に手をあてくすくす笑ったという。

王敦は貴族中の貴族だが、皇室の厠の豪華さはわからず、失敗に失敗を重ね、腰元の失笑を買ってしまった。その態度はおじけることなく、何もなかったように堂々としている。泰然自若、平常心。王敦の面目躍如である。皇室に対して弓を引き反乱する。おじけることはいっさいなかったのであろう。

王敦も妻以外に妾をかかえていた。

王敦の妾は数十人いた。その妾をみな寝室から解放し、自由にしてやった。これを知った人たちは王敦のものわかりの良さに感心したという。だがこれには裏話があった。というのは、王敦は女あさりがすぎ、体が弱ってしまったのである。体を心配する者が忠告すると、

「そんなことは簡単」

と、言うや、解放してやった。妾がいとおしくて解放したのではない。自分の体をいとおしんで解放したのだ。ここにも王敦の人間性がみえる。


三二七年。蘇峻《そしゅん》が反乱した。蘇峻は王敦征伐に功を挙げ、領地を封ぜられ郡の長官にもなり、その勢いは目を見張るものがあった。精兵二万人を率い戦功で名を成そうと兵の数を頼み、反乱の機を虎視眈々狙っていた。その動きがばれたのか、朝廷より詔があり呼びつけられた。

「朝廷ではわしに反乱の意があると言っている。そう思われた以上はこのままでおることはできぬ」

と、言い、二万の兵を率い都の建康に攻め入った。風に乗じて火を放ち、成帝を宮殿から連れだした。人々の号泣する声が街中に響いたという。

三二九年。淵明の曾祖父の侃らが蘇峻の反乱を平定し、建康を奪い返し新しい宮殿を造った。元帝に晋国再興を勧めた温嶠が死んだ。

三三一年。枯れて倒れていた柳の樹が突然生き返った。

三三二年。二つの頭に八本の足、体は一つで二つの尾の牛が生まれた。

三三四年。淵明の曾祖父侃が死んだ。侃は死に際、こんなことを言い遺したという。

「わしは若くして身寄りがなく貧乏だった。当初の願いは小さかったが、先代以来格段の恩恵を頂戴した。もうすぐ八十、位は家来として最高位。死んだところで何ひとつ悔いはない。だがあえていえば反乱軍がまだのさばり、御陵を回復していないことだ。もう少し生きることができたら、陛下のためにトルコ族の石虎を倒し、チベット族の李雄《りゆう》を滅ぼしたい。しかし、わが勢いはふるわず、名案も尽きてしまった。遺書を書こうと力をふりしぼるが、涙ばかりでどうにもならぬ。どうかわしの代わりに人材を選び、その人物が天子のお考えを受けとめ、それを具現してくれるならば、死んでも生きているのと変わりはない」

曾祖父侃の死は淵明が生まれる三十二年前であった。

三三七年。ツングース族の慕容皝《ぼようこう》が前燕《ぜんえん》を建てる。三七〇年。滅ぶ。

三三九年。元帝、明帝、成帝三代の皇帝を輔佐した王導が、それに明帝、成帝を輔佐した郗鑒が死んだ。

三四〇年。同じく明帝、成帝を輔佐した庾亮が死んだ。

王導、郗鑒、庾亮の重鎮が続けて死んだのは、東晋の痛手であったというひと言ですむことではなかった。

三四二年。成帝が死んだ。血のような赤い色の馬がいた。尾のない牛が数十頭生まれた。第四代皇帝の康帝《こうてい》が二十歳で即位した。若い皇帝は政務は庾亮の弟の庾氷《ゆひょう》、何充《かじゅう》に委ね、これを桓温《かんおん》、庾翼《ゆよく》らが輔佐した。在位はわずか二年三か月。北方の他民族との抗争はあったが、国を揺るがすほどの大事には至らなかった。

三四四年。第五代皇帝の穆帝《ぼくてい》が二歳で即位し、十九歳で死んだ。

三四四年。康帝の政務を委ねられた庾氷が死んだ。

三四五年。康帝を輔佐した庾翼が死んだ。

三四六年。康帝の政務を委ねられた何充が死んだ。

三五一年。チベット族の苻洪《ふこう》が前秦《ぜんしん》を建てる。三九四年。滅ぶ。

またまた重鎮があいついで死んだので、二歳の穆帝の政務を取ったのは康帝の皇后であったが、裏で牛耳ったのは康帝の輔佐役だった桓温。桓温は康帝時代の三十歳ころから三七三年、六十二歳で死ぬまで要職を歴任し、権力を内外にほしいままにし、東晋中期の国を動かした。

桓温の容貌は鬚《あごひげ》は針鼠の逆だった毛のように固く、眼はとがった紫水晶のように鋭かった。顔には七つの星があり、風格は堂々とし、骨格は並みでなく、王者の風、君主たる徴があった。内外の大権を掌握するにふさわしかったという。当時、容貌や風格はしばしば話題になり、とりわけ容貌は重んじられた。容貌すなわち人格という等式があったほどである。

三五四年。三五二年から桓温に対抗意識を持っていた殷浩《いんこう》が、北方の他民族と戦い敗れたので、桓温は殷浩の職を解いて失脚させ、国権を掌握し名実ともに首領となった。

三五六年。桓温は北方の他民族と戦い、洛陽を奪い返した。

三六一年。第六代皇帝の哀帝が二十一歳で即位した。

このころこんな童謡が民間でうたわれた。

―升平《しょうへい》の年号は十年ももたず、隆和《りゅうわ》の年号も長続きすまい

―桓温は都の建康に侵入し、哀帝は裸足で逃げるだろう

この童謡を嫌った朝廷では年号を興寧に改めたところ、こんな童謡になった。

―興寧《こうねい》に改めたところで、それもまた長続きはすまい

童謡のとおり桓温の勢いはすごかった。哀帝の在位は四年で終わった。

三六五年。哀帝が死んだ。倒れていた栗の樹が突然生き返った。第七代皇帝の廃帝《はいてい》が三十九歳で即位した。

三六五年。淵明が生まれた。

三六九年。桓温は再び北方の前燕と戦い敗れた。

三七一年。第八代皇帝の簡文帝《かんぶんてい》が五十二歳で即位した。

三七二年。第九代皇帝の孝武帝《こうぶてい》が十一歳で即位した。

三七三年。桓温が死んだ。

西晋が滅び長江の南に民族大移動を余儀なくさせられた人々は、北方の古里を一日として忘れることはなかった。とりわけその思いが強かった桓温は、二度にわたって北方と戦った。この戦いは桓温にしてみれば、みずからの権威と名声を得るためだったが、結局は勝つことができなかったために、権威も名声も得られなかった。そこで桓温が考えたことは、第七代皇帝の廃帝を廃立し、第八代皇帝として簡文帝を即位させるという暴挙であった。古里への郷愁は捨てて国の中枢に入りこみ、皇帝の首のすげかえに手を出そうとしたのである。

かくて、桓温は廃帝は病気だと偽り、廃帝の印を奪い取って宮中から追いだし、密約ができていた簡文帝を即位させた。五十二歳という高齢で即位させられた簡文帝は、桓温の威力に恐れおののいていた。わずか七か月で死んだ。簡文帝は、

「跡継ぎの第九代皇帝の孝武帝の輔佐役は桓温とせよ」

と、遺言せざるを得なかった。孝武帝は簡文帝の子である。その桓温が簡文帝を即位させた二年後、死んだ。かくて桓温の時代は終わることになる。

桓温には三人の妻がいた。正妻は第二代皇帝明帝の娘。妾の二人はチベット族の王の李勢《りせい》の妹と、某氏お抱えの芸子。李勢の妹についてはこんな話がある。

桓温は李勢の国を滅ぼすとその妹を妾とし、ひどくかわいがって裏の離れに住まわせていた。正妻はしばらく気がつかなかったが、気がついたとたん数十人の侍女を引き連れ、光る刃を抜き切り殺そうとした。妾はちょうど髪を梳いていて、髪が地に垂れ、膚の色は玉のように輝き、顔色ひとつ変えず、おもむろに、

「わが国は破れわが家は滅び、不本意にもこういう事になりました。今の今殺してくだされば、本懐というものです」

と、言った。正妻は恥じ入り帰って行ったという。

ところで、桓温に対抗する殷浩が北方の他民族と戦い、形勢不利なころ、長江の南の紹《しょう》興《こう》近くの蘭亭《らんてい》でみそぎの祭事を行った者がいる。王羲之《おうぎし》である。先の王導、王敦と同族の貴

族中の貴族。書の大家として名をはせ、後世書聖と称された王羲之である。

三五三年。王羲之の蘭亭の会。同志四十二人集まった。中には桓温の子、孫綽《そんしゃく》兄弟、謝《しゃ》安《あん》・謝万《しゃまん》兄弟、王羲之の子五人らがおり、全員に詩を作ることが課せられ、できぬ者には罰杯を飲ませた。王羲之はこの席で後世有名な「蘭亭の序」を書き、当日の心境を述べている。

やや長いが全文を引用しよう。

「永和《えいわ》九年の三月の初めに、会稽《かいけい》郡山陰県の蘭亭に集まり、みそぎの祭事を行った。賢人は残らず至り、若人、老人すべて寄り集まった。この地には高い山、険しい嶺、茂った林、長く伸びた竹がある。また清らかな流れや早瀬が左右に照り映えている。その流れや早瀬を引いて觴を流す九曲の水とし、人々は順序よく並んで座った。琴や笛の管絃の華やかさはないが、一杯の酒、一篇の詩は心中の思いを晴らすのに充分である。この日は空は晴れあがり空気は澄みわたり、穏やかな春風が吹いている。仰いでは広大なる宇宙を観、俯しては盛んなる万物を察《み》る。こうして目を喜ばせ思いをはせて、耳や目の娯しみを極め尽くせるのは、まことに楽しいことだ。いったい人がそれぞれこの世を生きてゆくとき、ある者は心の内にしっかりと受けとめて、一室の中で向かいあって語り、ある者は思いのままに身を委ねて、世俗の外で気ままにふるまっている。生きかたはさまざまであり、動と静とは異なりはするが、それぞれに自分の境遇を楽しみ、得意の境地になればおのずと満ち足り、老いがおし寄せてくるのも気にしない。しかし、喜びや得意の境地は時が経てば倦きてしまい、感情が事柄とともに変化すると、感慨はそれに応じて起こってくる。さっきの喜びはたちまち昔のふるごととなる。こんなことにも人々は心を動かすのだ。まして命の長い短いは天地自然の理に任せ、やがて死んでしまうことに対してはなおさらのことだ。古人は〈死と生とは人生の重大事である〉と言っている。なんと痛ましいことではないか。昔の人々の感慨を見るたびに、私も同じように感慨に浸るのだ。昔の人々の文章にはいつも悲嘆にくれたが、その心中を了解することはできなかった。しかし死と生とを同一視するのはでたらめであり、長寿と夭折を同一視するのもいつわりであることがわかった。後世の人々が今の世を見るのも、ちょうど今の世の人々が昔の人々を見るようなものだ。悲しいことよ。だからこそここに集まった人々の名を列挙し、その人たちの作品を集録することにする。世は移り事は異なっても、心を動かす要因は一つ。後の世の人々もこれらの作品に感動するに違いない」

北方の黄河あたりとは違い、長江の南の気候は温暖、風光は明媚。王羲之の同志四十二人は、気候も風光も豊かな蘭亭の自然を見つめながら、過去、現在、未来に思いをはせ、生、死について真剣に考えたのである。

王羲之は郗鑒の娘と結婚したが、王羲之に白羽の矢が立つときの話が伝わっている。

郗鑒は王導宛ての手紙を部下に持たせ、娘の結婚相手を探してほしいと申しこんだ。手紙を見た王導はその部下に、

「東の離れに行き好きなのを探すがいい」

と、言った。部下は離れに行きそこにいる連中を見て帰り、郗鑒に、

「王家のご子息はみなご立派です。使いの私が〈婿を選びに来た〉と言うと、みんな偉そうに気どっていました。しかし、一人だけ寝台の上で腹ばいになって、胡麻をまぶした餅をかじり、何も聞こえない風の者がおりました」

と、報告すると、郗鑒は、

「それがいい」

と、言った。その名を聞いてみると、王羲之であった。普通の流儀とは違う何ともだらしないこうした格好は、世俗を超越しようとする当時流行の気風によるもので、それがもてはやされたのである。郗鑒もその気風が気に入り娘を王羲之に嫁がせることにした。


貴族の王羲之は衣食住すべてに贅を尽くした。高官が催した宴席、その末席に侍っていた十三歳の王羲之は、だれよりも先に火であぶった牛の心臓を食べさせてもらった。それは貴重品でだれも彼もが食べられる代物ではなかった。それを末席にいて食べさせてもらったの

だ。これ以後の王羲之は名を知られることになったという。

王羲之よりやや以前、王済《おうさい》という者が火であぶった牛の心臓を食っている。王済は王愷《おうがい》が手塩にかけ育てていた八百里駮《はっぴゃくりはく》という牛に目をつけた。この牛は一日に八百里走りしかも猛獣をも食う、姿形といい気力といい、並みはずれていた。農耕牛とは大違い。王済は王愷に、

「おれの弓の術は君には及ばぬが、君の八百里駮を賭ける気はないか。はずれたら一千万の銭を出すがいかが」

と、持ちかけたところ、王愷は二つ返事で承諾した。

(弓の術は自分の方が上で腕には自信がある。王済はこの優れ物の牛を殺すはずはない)

そう思ったのである。一千万の銭に目がくらんだ王愷は、王済に先に射させた。なんとなんと王済は一発で射とめてしまったのだ。王愷の思惑は一瞬にして吹っ飛んだ。

王済は弓の術を自慢するために一千万の銭を賭けたのではない。最終の目的はその牛を食うことにあった。王済は八百里駮を殺すや、その場を離れ椅子に腰かけた。背もたれのある折り畳み式の腰かけである。それにやおら腰を下ろし、家来に命じた。

「すぐに牛の心臓を取りだせ」

食うのは肉ではなく心臓。心臓は珍味で美味だった。しばらくして家来が火であぶった心

臓をさげて来た。ご満悦な王済。たった一きれ食って立ち去った。多くは食わない。火であぶった貴重な牛の心臓。たった一きれに一千万の銭を賭けたのだ。贅沢の極みというほかない。

十三歳の王羲之がこれと同じものを食べさせてもらったのだ。

「蘭亭の序」の自然観、死生観は当時流行した老子や荘子《そうし》の道家《どうか》思想によるもので、この時代の人たちは文人、武人を問わず、おおむね道家思想に感化されていた。四十二人のうち顕著なのは孫綽、謝安。ほかには許詢《きょじゅん》、劉惔《りゅうたん》、王濛《おうもう》らがそうであり、東晋初期の皇室を輔佐した王導、郗鑒、庾亮もそうであった。たとえば、孫綽が許詢から来た詩に答えた一節にこうある。

——栄誉を忘れると栄誉を受け、世俗から離れると生きながらえる
——非凡なる老子、荘子先生は、徳を修め静寂であった
——深遠な道に思いを晴らし、清澄な流れに身を清めもした
——老子は高い丘に登り、荘子は役所の庭でのんびりした
——真理は胸の中に満ち満ち、心は浩然《こうぜん》を棲み家とした

このように老子や荘子の思想を賛美する詩を玄言詩《げんげんし》と呼んだが、これは東晋特有の詩風で

前後に類をみなかった。

東晋の世には老子、荘子の道家思想が流行したが、この時代は別に僧侶が現れ仏教が浸透していった。初期の元帝、明帝は仏教に思いを寄せて僧侶を厚遇したし、王導、庾亮らも僧侶と交流があり仏教に心服していた。

三六六年。支遁《しとん》が死んだ。支遁は二十五歳で出家して仏門に入り、後に会稽から都の建康に出て王侯、貴族それに老子、荘子の信奉者と交わり、再び会稽にこもった。支山寺《しざんじ》、棲光《せいこう》寺《じ》を建立したり、維摩経《ゆいまきょう》、道行般若経《どうぎょうはんにゃきょう》を講釈したりした。そのうち第六代皇帝の哀帝に風格を慕われ、再び建康に出て名声をはせた。三年間過ごしたが心は常にもといた東山《とうざん》にあり、三たび会稽に帰って巌穴の生活をし、五十三年の生涯を終えた。

四一三年。鳩摩羅什《くまらじゅう》が死んだ。七十八歳であった。鳩摩羅什は父の跡を継ぐのを嫌い七歳で出家した。これを知ったクチャの国王は崇拝し、クチャ国の教主とした。母が熱心な仏教信者でみずから尼となり、修業のため九歳の羅什をカシミール国へ連れて行き、三年後にクチャへ帰ってきた。帰国後仏道に精進し、その教えは西域諸国に、その名声は中国まで知れわたった。チベット族の苻堅《ふけん》が三十四歳になった羅什の存在を知り、迎え入れようとしたがその矢先に死んでしまった。その後、五十八歳になった羅什を同じチベット族の姚興《ようこう》が迎え入れ、長安に住まわせた。姚興は羅什の教えを八百人の僧侶に授けさせ、大品《だいほん》般若経、小品《しょうぼん》般若経、金剛《こんごう》般若経など合計三百余りの仏典を漢文に翻訳させた。羅什の中国仏教における功績は図りしれないものがある。

四一六年。慧遠《えおん》がこのころ死んだ。慧遠は淵明とも交流があった。詳しくは本書の思想の項に譲る。

四二〇年。劉裕《りゅうゆう》が東晋を滅ぼし、宋《そう》を建てる。

四二二年。法顕《ほっけん》がこのころ死んだ。十歳のとき父が死んだので出家する気になり、続いて母も死に仏道に精進することにした。精進するうちに仏典の翻訳はそれなりに進んでいるが、戒律が錯乱していると思い、三九九年、同志と長安を発ち陸路印度へ向かったが、道中の苛酷さは口では表現できなかった。広大な地には何ひとつなく、太陽の位置で方角を決め、熱風、魔物に襲われた。道を進めると、万年雪の積もった山、風雨や砂礫、険しい山道に遭遇し、力尽き死んだ同志もいた。印度に入った法顕らは長年かけて、戒律に関する多くの文献を手に入れた。帰りは海路でセイロンを経て広州《こうしゅう》に着いたが、その航行は大風に遭うなど難儀であった。帰った法顕は都の建康に入り、摩訶僧祇律《まかそうぎりつ》などを翻訳した。

なお、仏教が中国に伝わった時期については諸説あるが、そのひとつにこうある。後漢《ごかん》の明帝《めいてい》（在位五七〜七五）は身体が太陽のように輝く神人《しんじん》を夢に見た。明くる日、家

来たちに聞いたところ、博識の者が、

「聞くところによると、印度に仏《ぶつ》と言う名の得道者がいて、簡単に空を飛ぶことができ、身体は太陽のように輝き、神に近いということだ」

と、答えた。そこで明帝は大学博士ら十二人をトルコ系の大月氏国《だいげっしこく》に派遣し、仏典を写し取らせ宮中の書庫に保管した。

右の神人が釈迦《しゃか》のことだが、釈迦は釈迦牟尼《むに》、釈尊《しゃくそん》、仏、仏陀《ぶつだ》、浮屠《ふと》、浮図《ふと》、復豆《ふと》とも言われた。

仏教信心に関する話をひとつ紹介しよう。

阮裕《げんゆう》という者が仏を篤く信じていた。二十前の長男が重病になったので、夜となく昼となく祈った。至誠が通ずればご加護が得られると思い、祈り続けたが助からなかった。そこで阮裕は仏に恨みを持ち、かねての篤い信心をすっかり捨ててしまったという。

この話を知った人は、

「周《しゅう》の文王も釈迦一族も死は避けられなかった。業因には定めがあり、果報は動かないのだ。祈って霊験を頼む。霊験がないので仏道を疎かにする。それは頑固で不見識な輩だ。そんな輩とは仏について語ることはできぬ」

と、言い、仏に病気を治してほしいと頼んだり、命を延ばしてほしいと頼んだりするのは、真の信者ではないと非難したのである。

さてここで、三五六年、桓温《かんおん》が北方の他民族と戦って洛陽を奪い返し、三六五年、淵明が生まれ、三七三年、桓温が死んだたころの時代にもどろう。

桓温の後、東晋の皇室を支えたのは謝氏《しゃし》であった。謝氏は王導、王敦、王羲之ら王氏につぐ貴族であった。とりわけその中枢をなしたのは謝安《しゃあん》である。

三五九年。謝安の弟の謝万《しゃまん》が寿春《じゅしゅん》の戦いでツングース族の慕容儁《ぼようしゅん》に敗れた。敗因は謝万は尊大で人を軽視するところがあり、兵士の和を失ったからだとされる。慕容儁と戦っていたもう一人の武将が病気のために引き返したのを、謝万は慕容儁の勢いに押されて引き下がったと思い、謝万も引き返したので軍勢は自滅し、謝万は狼狽して単独都へ帰って来た。皇帝はこれを責めて職務を解き庶民に格下げした。

弟謝万の敗退は兄の謝安には屈辱であったらしい。四十一歳にして重い腰をあげ、謝氏の面子にかけ歴史の表舞台に登場する。四十一歳までの謝安は会稽にある東山《とうざん》に隠れ、気のあう連中と山や川で狩猟したり、世間離れした話に興じたり、石造りの部屋に閉じこもったり、深い谷を前にして詩を吟じたり、妓女と遊びほうけたり、海に舟を浮かべて遊んだり、自然を相手に自由気ままな暮らしをし、世に出る気はいっさいなかった。東山に隠れていたころの謝安の暮らしの一端を紹介しよう。

東山にいた謝安は王羲之や孫綽《そんしゃく》らと海での舟遊びとしゃれた。沖に出るにつれ風が出て浪がたち、小舟は沈みそうになった。王羲之らは色をなしてあわてふためき、引き返そうと言いだした。しかし、謝安は意気揚々として、声を長く引いて詩を吟じ、恐いとも引き返すとも言わない。海は荒れ舟は沈みそうなのに、謝安はあい変わらずのんびりした表情で、声を長く引いて詩を吟じ、舟遊びを楽しんでいる風であった。船頭はそのようすを見て、引き返すどころか、どんどんどんどん沖へ出た。沖へ出れば出るほど、風も浪もひどくなり、大しけになった。ここまでくれば沈むのは時間の問題。王羲之らはやたらと動き回りじっとしていない。動き回ると舟は重心を失い、今にも沈みそうになる。あわてふためく二人を見かねた謝安は、

「君たちがそんなに騒ぐのなら、引き返すとするか」

と、ぽつりと言うと、そのひと言を今かと待っていた王羲之らは、ようやく生きた心地になり、間髪を入れず引き返した。これによって謝安は、世に出て国を治めていける人物だとの評判を得たという。

舟遊びで示した謝安の態度――泰然自若、悠然、平然、超然、不動、平常心、無表情、太っ腹。こうした態度は当時もてはやされ、国を治めるひとつの条件でもあった。

三六〇年。四十一歳の謝安が大将軍桓温の部下となる。

弟謝万の敗退を機に謝安は、東山での遊びを捨て世に出る意志を固めた。最初の官職はあの桓温の部下であった。三十歳ころから六十二歳まで国を動かしたあの桓温である。桓温は以前から謝安の才能を高く評価し、朝廷に遠回しに部下として採用したいと申しでていた。請われた謝安は桓温を訪ねた。桓温は謝安を見てひどく喜び、世間話をし、終日歓談した。謝安が帰って行くと、桓温は側近の者に、

「わしの所で今までこんな客人を見たことがあるか」

と、聞くほどであった。後に桓温が謝安を訪ねると、謝安はちょうど髪の手入れをしていた。泰然自若、平常心の謝安はやっと手入れが終わると、普段使う頭巾を取らせた。桓温はそれを見て、

「頭巾ではなく役人の帽子をかぶるがいい」

と、言った。謝安はひどく桓温に重んぜられ、信頼されていた。

三六五年。淵明が生まれた。前燕《ぜんえん》が洛陽を陥れる。

三七二年。第九代皇帝孝武帝が十一歳で即位した。

三七三年。桓温が死んだ。

三八五年。謝安が死んだ。

桓温が死んだ後、謝安は死ぬまでの十三年、若い孝武帝を輔佐し東晋を動かした。謝安は政治の要を教え導くことに置いていた。たとえば、街中に戸籍不明の放浪者がいてもとがめず、そんな連中がいるのが街なのだと言い、些細なことには拘らなかった。たとえば、他民族が国境を侵すので対策をという文書が届いても、いつも穏やかな方策で鎮め、優れた策略で防いだ。徳のある政治を行ったので、文人も武人も指示をよく守った。大きな決まりを作り、細かい取り調べはしなかった。先の王導の政治に匹敵する悠揚せまらぬ謝安の政治は、人々に快く受け入れられた。


三八三年。謝安の弟の謝石《しゃせき》、謝安の甥の謝玄《しゃげん》、謝安の息子の謝琰《しゃえん》らが軍を指揮して肥水《ひすい》で戦い、チベット族の苻堅《ふけん》の軍を破った。

時に謝石五十七歳、謝玄四十一歳、謝琰は不明、謝安は六十四歳であった。

国境付近をうろうろしている強大な苻堅の軍と戦う人間。その人間として一族の三人、とりわけ謝玄を推したのは謝安だったのである。朝廷では文武に優れた将軍で、苻堅を鎮圧で

きる人間にやらせることで一致した。すると将軍の中で最も重要な任にあった謝安が、

「この任が務まるのはわが甥の謝玄以外いない」

と、言うと、そばにいた郗超《ちちょう》が言った。

「謝安が他の者ではない、一族を推したのは目利きだ。謝玄は謝安の期待に背くことはない」

謝安にはかつての汚名を返上したい。そんな思いが強かったのではないか。

謝安の所に朗報が届いた。弓矢で苻堅に傷を負わせ、数万人を捕虜にした。天子の専用車、大量の宝物や器具、多量の綿と毛織物、十万頭もの牛、馬、驢馬《ろば》、騾馬《らば》、駱駝《らくだ》を没収した。こんな内容の手紙が客人と囲碁に興じていたとき飛びこんできた。謝安は一瞥するやひと言もしゃべらず、ゆっくりと盤に向かった。客人が戦いのようすを聞くと、

「若造らが大勝したそうな」

と、言い、泰然自若、平常心の風だったとか。だが囲碁を終え役所から家に帰った謝安は、玄関の敷居をまたいだ途端、下駄の歯が折れたのも気がつかぬほど喜んだという。国を治める者は自分の態度や心情を素直に表現できぬ、まことに不自由な存在だったようでもある。

謝万が北方の慕容儁に敗れ、謝氏の名誉はつぶれ地に落ちたのが三五八年。あれから二十六年後、謝安が死ぬ二年前の三八三年。一族の謝石らが北方の民族に大勝して東晋の危機を救い、謝氏の汚名を返上したのである。謝安とすれば起死回生、一矢報いた思いではなかっ

たか。

謝安には妻がいたが、妾はいなかった。妻は当代きっての風流人、劉惔《りゅうたん》の妹。母が聡明だったせいか、この妹はなかなかのしっかり者であった。

謝安夫人は夫に妾を持たせなかった。色好みの謝安は夫人の仕打ちにがまんならず、芸子を持とうとした。それを知った甥が夫人に言った。

「毛詩《もうし》という本にある関雎《かんしょ》という詩は、夫婦和合の徳を詠んでいますが……」

「その詩はだれが選んだの」

「周公《しゅうこう》という人です」

「周公は殿方ですね。だからそうなのです。周夫人なら違ったはずです」

夫人は侍女たちをカーテンで仕切り、夫の前で芸をさせた。夫にほんのちょっと見せるや、すぐにカーテンを下ろした。夫がもう一度見せてくれと言うので、夫人は言った。

「貴方様のご仁徳を損なうのでは」

長江を渡り建康に都をおいた東晋では、温暖な気候、風土のせいか、切ない女心をうたう恋歌が民間で作られた。はじめは曲なしの詞だけだったが、次第に曲ができたらしい。

—夕べは髪を梳かなかったので、乱れた髪が肩までかかっているの

—貴男の膝にからみつくと、貴男のすべてがいとおしいわ

愛する男と一夜を過ごし、後朝《きぬぎぬ》の別れを惜しむ女心をうたう。「乱れた髪」が褥《しとね》をともにした証拠だが、「夕べは髪を梳かなかったので」とはぐらかすところがいい。

—黄色の葛《くず》が入り乱れ生えているが、だれも葛の根を断ちきることはできません

—愛する子への乳は断ちきっても、貴男の情愛は断ちきることはできません

乳飲み子に乳をやらない。それはできるが、愛する男との情愛は断つことはできない。それが女の性。つる草の葛は物によくからみつくので、その習性を利用して恋歌にうたわれる。

—寡婦が泣くと城は崩れる、この情はうそごとではない

—楽しみあった方と一緒でないと、恨みを抱いてあの世へ行こう

愛する男を亡くした女は、鉄壁の城をも崩してしまう。愛する男と生き別れ人生の苦痛を味わうのなら、恨みを抱いたまま死んでやる。女の情念はすごい。

三八四年。ツングース族の慕容垂《ぼようすい》が後燕《こうえん》を建てる。四〇七年。滅ぶ。チベット族の姚萇《ようちょう》が後秦《こうしん》を建てる。四一七年。滅ぶ。

三八五年。ツングース族の乞伏国仁《きっぷくこくじん》が西秦《せいしん》を建てる。四三一年。滅ぶ。

三九三年。淵明が最初の職に就く。地方の学校関係の仕事。二十九歳。

三九六年。第十代皇帝の安帝《あんてい》が十五歳で即位した。

安帝は才気に乏しく、話すこともできず、暑さ寒さの区別もできず、行動も自分の意志で行うことができなかった。その安帝の政治を輔佐したのは、王恭《おうきょう》、殷仲堪《いんちゅうかん》、桓玄《かんげん》、孫恩《そんおん》、劉裕《りゅうゆう》らであったが、なんとこの連中がつぎつぎに乱を起こした。安帝二十三年間は内乱と北方の他民族の侵入で混乱を極めた。

三九七年。青い雌鶏が赤い雄鶏に化けた。ツングース族の禿髪烏孤《とくはつうこ》が南涼《なんりょう》を建てる。四一四年。滅ぶ。匈奴の沮渠蒙孫《しょきょもうそん》が北涼《ほくりょう》を建てる。四三九年。滅ぶ。

三九八年。王恭、殷仲堪、桓玄が反乱し、桓玄を盟主として仰いだ。王恭が殺された。ツングース族の慕容徳《ぼようとく》が南燕《なんえん》を建てる。四一〇年。滅ぶ。

王恭が反乱して王国宝《おうこくほう》を殺したとき、人々はこんな歌をうたった。

―王恭が反乱しようとするが、天子様の下命で捕らえられる
―王恭が反乱しようとするが、劉牢之《りゅうろうし》を味方にして守らせる
実際この歌のようになった。

三九九年。孫恩が反乱した。殷仲堪が殺された。チベット族の呂光《りょこう》が後涼《こうりょう》を建てる。四

〇三年。滅ぶ。

三九九年。淵明が二度目の職に就く。軍事の仕事。三十五歳。

四〇〇年。劉裕が孫恩と戦った。角の生えた鶏がおり、角はまもなくして落ちた。漢族の李暠《りこう》が西涼《せいりょう》を建てる。四二一年。滅ぶ。

四〇一年。朝廷は内外に戒厳令を敷き、将軍たちに都の建康を守らせた。

四〇二年。孫恩が自殺した。桓玄が都の建康を制圧した。

孫恩は五斗米道《ごとべいどう》という宗教教団の将軍。祈禱すれば病気が治るという宗教で、謝礼として米五斗を出したので五斗米道と言った。叔父が反乱し殺されたので、孫恩は叔父の仇を撃とうと数万の兵を挙げた。会稽より南一帯からの援軍もあり、その集団を《長生人《ちょうせいじん》》と称し、朝廷では警戒した。劉牢之らの攻撃に遭い、孫恩は海に身を投じ死んだ。

四〇三年。桓玄は安帝の帝位を奪い、国を楚《そ》と名のった。安帝は尋陽《じんよう》に難を避けた。

四〇四年。桓玄が殺された。地に毛が生えた。

桓玄は桓温五十八歳の時の子。桓玄の最初の官は皇太子が外出する時の先導役で、それは低い官であった。朝廷では父の桓温は国を乱した輩であり、その息子の官を高くするわけにはいかなかった。子の桓玄にしてみれば、父が死んで二十年近く経っているのに――。そんな思いがあったであろう。こうした仕打ちが桓玄をして帝位を奪うという挙にださしめた因となったのかもしれない。

桓玄が帝位を奪ったときこんな童謡がうたわれた。

　——草が生えて馬の腹まで伸びると、烏が桓玄の目をつついて食う
草を桓玄にたとえ、馬と烏を朝廷にたとえ、帝位を奪うという無謀なことをすると、必ず報復されることを予言した童謡である。

四〇四年。安帝は尋陽からさらに西の江陵《こうりょう》に難を避けた。桓玄が殺された。安帝は都の建康から遠い西のはての江陵から詔を発した。

「悪者が皇帝の位を奪うことは古くからある。朕は悪者をおさえその芽を摘むことができず、都を遠く離れ放浪することとなった。幸いにも鎮軍将軍の劉裕は知恵も策略も優れ、忠義、勇気は並みはずれ、また冠軍将軍の劉毅《りゅうき》らは真心を尽くし、力を合わせて計略をめぐらせている。彼らの評判は知れわたり、天下の人々は忠節を誓い、国家は安泰である」

安帝は劉裕の存在を高く評価し、全幅の信頼を寄せているが、十七年後には足元をすくわれ、東晋を滅ぼし宋の国の創始者となるのである。

四〇五年。安帝が都の建康に帰る。

四〇五年。淵明が三度目、四度目の職に就く。三度目は軍事の仕事。四度目は地方の小

役人。四十一歳。

四〇七年。劉裕が参内した。匈奴の赫連勃勃《かくれんぼつぼつ》が夏《か》を建てる。四三一年。滅ぶ。漢族の高雲《こううん》が北燕《ほくえん》を建てる。四三六年。滅ぶ。

四一〇年。劉裕が北方の南燕を破り平定した。盧循《ろじゅん》が反乱した。下女が炊事をしていると、烏が竈《かまど》に集まりご飯をつついて食べだした。追い払うが逃げない。猟犬が烏を食い殺すと、烏が逆に猟犬を殺して肉を食い、骨だけにした。

四一一年。盧循が殺された。八歳の子が一朝にして身長が八尺になり、髭《くちひげ》、鬚《あごひげ》が生え続け、三日で死んだ。

四一二年。謝玄の孫の謝霊運《しゃれいうん》が劉裕の部下となる。

四一七年。劉裕が一時長安を奪い返した。

四一八年。安帝が死んだ。劉裕は安帝が死んだのを受け、安帝の詔と称して偽りの詔を発した。

「わが晋は大いに天命を受け、事業は天下に盛んに、四海に満ち満ちている。朕が不徳なるがゆえに、長年多難に遭遇したが、幸いに信頼すべき宰相が、国家転覆を救ってくれた。常に安全、保護に尽力し、内外の災難、争乱を退け、かくて皇帝を輔佐し、天下を統一した。まさに宰相の力に依り、皇帝の事業を新たにしたのだ。病状がひどくなり、回復を図ったがどうにもならなかった。代々の皇帝の御霊を仰ぎ思い、貴い地位を戴き皇帝となった。ああ初代皇帝の元帝は、体制は西晋の皇帝から引き継ぎ、明徳は光り輝き、皇位はつぎつぎ皇太子に引き継がれ、国民の期待、信頼は篤いものがある。晋国に君臨し、代々の祭祀に努めた。最後の詔を天下に発し、わが晋国初代皇帝の天命を絶やしてはならぬ」

「信頼すべき宰相」とは劉裕のこと。みずからこう言ったのである。

四一八年。第十一代皇帝、東晋最後の皇帝 恭帝《きょうてい》が三十四歳で即位した。在位わずか一年七か月で殺された。

四二〇年。劉裕が即位し宋の国を建てた。淵明五十六歳。

四二二年。劉裕が病死した。

東晋の世には玄言詩《げんげんし》が流行したが、宋になると玄言詩は影をひそめ、山水詩が盛んになる。その担い手の中心は謝霊運、顔延之《がんえんし》であった。謝霊運の山水詩をひとつ引いてみよう。

—西の城門から郊外に出て、西にそびえる峰々を眺めやる

—連なる山々は険しい崖で、翠の樹木は深々としている

—朝の霜で楓の葉は赤く、夕がたの陰りで山の気は薄暗い

——時節の変化に憂いは増し、感興がわき思いは深まる
——雌鳥ははぐれた雄鳥を探し、はぐれ鳥は元のねぐらを探す
——鳥でさえ思うことは多い、まして人はなおさらである
——鏡を見ると黒髪も白く、帯を締めると襟も緩んでいる
——事の変化に安んじるなんて空言、独り静かに琴を弾くのが一番

淵明の詩風に似たところがある。

四二七年。淵明が死んだ。

淵明六十三年の生涯は内憂外患、戦々兢々の世相であった。

# 家　族——続く身内の死

父が死んだ。三十五歳だった。妻と二人の子を遺して死んだ。妻三十歳、二人の子の兄の淵明《えんめい》は八歳、妹は五歳だった。父の名を真《しん》とし、妻の名は福《ふく》とし、妹の名は愛《あい》としておこう。父の名は伝わっておらず、里では真でとおっていたことにしよう。真は名誉も地位もほしがらず、山や川のあるのどかな所に身をおき、流れる雲を見たりさえずる鳥の声を聞いたり、その日暮らしができればそれでいい、という暮らしに満足していた。真は世間的にはうだつが上がらず、世俗の外で暮らしているそんな父を見て、里の者は真と呼んでいたことにしよう。

役人にならない真は、夜が明け日が沈むまで、田畑を耕し暮らしをたてていた。田畑の収穫は天候次第、苦労は常に報われるという保証はなかった。思うような食事もできず、家族はひもじい思いをすることも少なくなかった。一家の働き手を失った陶家は、途方にくれた。

田畑を耕す仕事は、妻や二人の子には荷が重すぎた。父が生きていたとき以上に、残された者の暮らしはきびしかった。

父の父、つまり淵明の祖父、名は茂《ぼう》は、父とは違って役人を務めた。古里近くの郡の長官として、終始初心を忘れることなく、郡の人々に恩恵をほどこし、その功績はかつて大臣となった、一族の青《せい》や侃《かん》と肩を並べるほどであった。祖父の代までの陶家は、少なくとも貧乏ではなかったが、淵明の父の代には落ちぶれ、父が死んでからは、貧乏暮らしをいっそう余儀なくさせられた。

妹の母が死んだ。三十歳だった。九歳の娘を遺して死んだ。母の名をかりに妙《みょう》としておくが、妙は妹の母であって、淵明の母ではない。妙は父の真が妻の福に隠れて作った妾で、その妙に娘を生ませたのだ。母の妙と娘の愛は、淵明の家の北の方角の、竹林でおおわれた小さな小屋で寝起きしていた。妙は家のそばの猫の額ほどの畑を作り、暮らしをまかなっていた。足りない分は父の真にすがっていた。

妙は隣村の女で、小柄できゃしゃ、美貌は福より上であった。貧しいながら身を整え、ふるまいも女らしかった。心根もやさしい妙に、真は心ひかれてしまい、子をはらませたのである。真という名に恥じることをしでかしてしまったのだ。許さぬ福の許しをようやく得て、竹林の一角に住まわせることにした。朝から晩まで田畑を耕しても、貧乏暮らしをしいられる真は、妻以外に妾を作り子を作ったことを、福にも淵明にも申しひらきがたたぬ、と思っていた。思ってはいたが、それを口にして詫びることはなかった。

母の妙を亡くした腹違いの妹の愛を、三つ年上の淵明は不憫に思い、恐る恐る母の福に、

「愛は父も母も亡くし、かわいそうでならない。この家で三人一緒に暮らしたい」

と、懇願した。心の整理のつかない福はしぶしぶ承知し、同じ屋根の下で三人暮らしがはじまった。

淵明の十歳前後、実の父と義理の母が死んだ。淵明には人がこの世から消える重さはしっかりとわかってはいなかったが、今までいた人がいないという事実はわかっていた。朝起きたらそばにいた父がいない。畑仕事をしていた義理の母の姿が見えない。そんなことはみなわかっていた。人のいない重さはわからないが、人のいなくなった寂しさはわかっていた。しかし、時が経つにつれ、人のいない重さをしみじみ思うようなった。

淵明の妻が死んだ。二十六歳だった。名を佳《か》としておこう。淵明はちょうど三十歳。佳はべっぴんではないが、気だてのやさしさが器量をひきたてていた。隣のおじさんの仲立ちで、夫婦になった。母の福も妹の愛も祝ってくれた。夫婦になったのは、淵明二十七歳、佳二十三歳で、三年後に儼《げん》という息子を授かった。夫婦は子を授かり喜んだが、それもつかの間、佳は産後の肥立ちが悪く、にわかに息を引きとった。足かけ四年の夫婦生活であったが、跡取りの忘れ形見を遺してくれた佳は、淵明にはいとおしい存在であった。

佳はいとおしかったが、生まれて一年にもならぬ儼を育てることは、男手では生やさしくなかった。母はすでに五十を過ぎていたし、妹は佳が死ぬ前年に他家に嫁いでおり、乳飲み子の儼を母や妹の女手に預けることはできなかった。それに淵明も佳が死ぬ前年に役人となって家を空けていた。困りはてた淵明は、佳への思いをひきずったまま、背に腹は変えられず、新しい妻を迎えることにしたのである。

新しい妻は、前の佳と同じように、隣のおじさんが仲立ちしてくれた。名を優《ゆう》としておこう。二十四歳の優は淵明と同じ村の娘で、面倒見のいい情け深い人柄で、田畑を手伝うこともでき、淵明の家には重宝な女であった。淵明は佳が死んだその年に優と夫婦になり、母と親子と四人の暮らしがはじまった。

母の福が死んだ。五十九歳だった。淵明三十七歳、妻の優は三十一歳。このときまで淵明は優との間に俟《し》・份《ふん》・佚《いつ》・佟《とう》の四人の息子をもうけていた。母の福は妹の母の妙、淵明の前妻の佳、後妻の優といった女たちとは違い、由緒ある家柄の出であった。福の家は孟《もう》と言い、代々軍の長官や郡の長官を務めた。福の父の嘉《か》は公人としては西部派遣軍総司令部に属する幕僚長を務め、幕府では柔らかなものの腰で人に接し、家に出入りする者もみなれっきとした人物ばかりであった。この嘉は淵明の曾祖父の侃《かん》の娘と夫婦になった。娘の名を幸《こう》としておこう。その幸と嘉との間に生まれたのが福である。福の母の幸は淵明の祖父の茂と兄妹だから、父の真と母の福とは従兄妹同士で夫婦になったのである。

三十五歳の父が三十歳の妻の福、八歳の淵明、五歳の愛を遺して死んで以後、福は五十九歳になるまで日が出て日が沈むまで粉骨砕身、不眠不休、女手一つで田畑を耕し二人の子を育てた。淵明はその間の母の苦労を知り尽くしており、母の亡きがらを前にして、ある歌を口ずさんだ。それは母の苦労によう応えない子の悲しみをうたった、北方の人たちの大昔の歌である。

——南の風が南から吹いて来て、棗《なつめ》の木の新芽をはぐくむ
——棗の新芽は弱々しく、母様の苦労は並み大抵ではない

あらゆる物を育てるのが南の風。子を育てるのは母のいつくしみ。南の風が棗の新芽を育てるには苦労がいる。同じように母のいつくしみが子を育てるにも苦労がいる。しかし、子は母のいつくしみによう応えずにいる。なんと申しわけないことか、なんと悲しいことではないか。淵明は歌をくり返しくり返し口ずさみながら、亡きがらを前に息をつまらせ、涙を流すのであった。

淵明は福の父である嘉に強い感化を受けたようである。五十一歳で死んだ私人としての嘉の生涯を思い起こし、淵明は、

（自分も嘉のような生涯を送ってみたい）

と、思った。

嘉は自分の意志を貫いて事を行うが、自分を誇るような言をはくことはなく、喜怒哀楽の情を顔に表すことも少なかった。また感興をもよおすと、何もかも忘れて馬車を用意させ、近くの山に出かけて行った。山の風景をしばらく眺めると、手酌で一人ちびりちびりやり、夕がたになってようやく帰って来た。酒はいくら飲んでも酔いつぶれることはなく、楽しく

愉快な飲みっぷりであった。上司が嘉に聞いた。

「酒のどこがいいのか」

「酔っぱらった時のあの何とも言えない気分です」

嘉の世話をしていた者が詩を作り、

—嘉殿は酒が大好きだが、酒で失敗したことはない
と、詠んだ。

上司は別のことを聞いた。

「芸子の肉声を聴いていると、琴の音は笛の音に及ばぬと思うし、笛の音は肉声に及ばぬと思うが、どうしてか」

「次第次第に自然に近づくからでしょう」

公人としての嘉は威厳ある武人であったが、私人としての嘉は飄々として、ものにこだわらぬ自然人の風があった。淵明はそんな嘉に心ひかれ、感化を受けたようである。

妹の愛が死んだ。三十八歳だった。愛の父も母もすでにいない。腹違いの兄の淵明は四十一歳であった。愛は二十六歳で程《てい》という家の家取りと夫婦になっていた。名を雲《うん》としておくが、雲の家は淵明の家より遠く離れ、長江を下った武昌《ぶしょう》にあった。雲の年は二十九歳で、

愛は父の真に似ているのが気に入り、家は遠く離れているが、一も二もなく夫婦になることを承知した。七年後に娘をもうけた。名を礼《れい》としておこう。雲は父の真と同じく役人にはならず、晴の日にはわずかの田畑を耕して暮らしを支え、雨の日には持ち前の教養を頼んで、近郊の村にも出かけ議論に興じていた。晴耕雨読を地でゆく夫であった。ある日の議論は、

「俗外の暮らしこそ人たる暮らし」

当時はやっていた老子《ろうし》や荘子《そうし》の思想をほめちぎるものであった。雲はなかなかの議論好きで、一目も二目もおかれており、暮らしの足しにと物品をくれる者もいた。

しかし、その程度では三人の暮らしはままならず、妻の愛が隣近所の仕事を手伝ったりして、かいがいしく働いていたのだが、六歳のかわいい娘を置き、働き過ぎて死んでしまった。過労死である。

腹違いの妹だけに、淵明は死んでなお愛が不憫でならなかった。死んで二年後に妹の霊に捧げる文をしたためた。その一節にこうある。

―ああわがよき妹よ、徳があり操があった

―もの静かで口数少なく、善を聞くとうなずいていた

―雅やかでおとなしく、兄妹仲良く親には孝を尽くした

―女らしいふるまいは、手本となり鏡となった

——善をなした者には、慶びがあると言うが
——天よいったいどうした、慶びはないではないか

淵明は、生涯を「善」で貫いた妹に「慶び」をもたらさぬ「天」を疑い、責める。そして、

——いじらしい母のない娘は、だれにすがればいい
——独りさまようお前の魂を、だれが主となって祭ればいい

六歳で孤児になった礼にあわれみをかける。

妹の死は淵明には、父母の死以上に衝撃だったらしい。というのは、淵明は死んだ妹に会いたく、仕事を辞めたという。四十一歳の八月、地方の小役人の職を得た淵明は、三か月後の十一月妹が死んだので、会いたくなったというのだ。

「程の家に嫁いでいた妹が武昌で死んだので、すぐに会いたい気持ちに駆られ、自分から仕事を辞めてしまった。職にいたのは八月から八十日ばかり。妹の死がもとで心のままに辞めた」

妹の死は職を辞めるほどの衝撃だった。ただ妹の死は仕事を辞める口実で、辞めた本当の理由は別にあった。

家が死んだ。いや焼けた。妹の愛が死んで三年後、淵明四十四歳の時である。焼けた家は家と呼ぶほどのものではなかった。屋根は草でおおい、ぐるりを茅で囲んだ粗末な小屋であった。間数も夫婦と子供五人がようやく寝ることができるほどで、厨《くりや》や厠《かわや》は外にあった。家族がやっと雨露をしのぎ、何とか暮らせるほどのあばら屋だった。そのあばら屋は小径の狭い奥まった、楡《にれ》や柳や桃や李などの木立の中にあったので、偉いお方が訪ねて来ることはまったくなかったが、話し相手や飲み相手の親しい村人はしょっちゅうやって来ていた。

そのあばら屋が太陽の照りつける真夏の昼さがり焼けた。厨から出た火が折からの突風にあおられ、小さくて焼けやすい草や茅、焼け落ちるのに時間はいらなかった。あっという間だった。小屋にいたのは八歳になる末子一人で、夫婦と子供四人は畑仕事に出ていた。末子は命からがら助かったが、小屋の中の物は何ひとつ持ちだせなかった。まる焼けである。

無一物になった一家七人は途方にくれた。身の寄せ場のない一家は、小屋の前を流れる川に舟をつなぎ小屋代わりにした。舟は畑に出かけるときの交通手段で、淵明は二艘持っていた。もやい舟をねぐらとしたのだ。食べる物は大部分それなりに自給できたが、着る物は知り合いに恵んでもらい、寒暑をしのいだ。

ほそぼそ暮らすうち、時は夏から秋に変わった。畑の物は秋の気配を感じて収穫できるようになったが、火事でねぐらを追われた鳥たちは帰って来ない。時が移れば変わるものもあるが、時が移っても変わらないものもあることに、淵明は自然の不思議を感じた。真夜中、家代わりの舟を出て岸辺に立ち夜空を見あげると、澄みきった空に高々と十五夜の月がかかっている。時が変われば月も大きさを変える。これにも自然の不思議を感じた。十五夜の月を眺めていると、思いは目には見えない遥かかなたまで及び、またたく間に宇宙を見てしまった。宇宙にも不思議を感じた。

不思議を感じながら、淵明はこれまでの人生に思いをはせ、これからの人生にも思いをはせていた。

―子供のころから孤高を保ち、もう四十を過ぎてしまった

―体は時とともに衰えるが、心は変わらず孤高を保っている

―意志の堅さは生まれつきで、玉や石の堅さに負けはしない

―昔々の善政の世には、使いきれぬ穀物が田畑に残っており

―腹一杯食べて満足し、朝出て暮に帰って寝る暮らしだった

―今や大昔のようなよき世ではない、畑に出てまあ水でもやるか

火事で無一物になった淵明は、貧乏を覚悟しながらも孤高を保ちたい、と言う。孤高、それはただ一人俗世間から離れ、高い理想と品位を保つことで、そうすることは現実の暮らしに相当な影響を及ぼすことになる。淵明はあえてそうする、と言うのである。

淵明一家がもやい舟で暮らしたのは一年ばかりだった。四十五歳になった淵明は、焼け跡に小屋を建てる気がなかったわけではないが、他に気に入って住みたく思う村があった。その村に住みたいと思ったのは、村人の素朴で飾り気がないことに惚れてのことで、淵明の気質にぴたりあっていた。かなり前からその村の何人かは知りあいで、彼らはいつ会ってもさわやかでにこにこしていた。その連中の中にいると、貧乏を忘れ、生きている実感がわいた。世にいう馬が合う連中。連中という語感がぴたりであった。栗里《りつり》というその村は、焼けた家があった柴桑《さいそう》から十里ばかり離れた所にある。

栗里に住むと決めた淵明は、一年でそれなりにたまった鍋・釜の類をかかえ、一家七人で引っ越した。引っ越した家は焼ける前の小屋に劣らないほど小さく、ようやく雨露をしのげるほどのあばら屋であった。七人がやっと暮らせるほどの少ない間数。それでも淵明は満足であった。

隣近所の連中がしょっちゅうやって来て、時を忘れ話に花を咲かせて帰って行く。詩を作りに連中と丘に登り、互いの詩をほめたりけなしたりする。あばら屋の前を通る連中には声をかけ、酒を飲みながらたわいない世間話に興じる。畑仕事にはそれぞれ精を出すが、暇になったら集まってわいわいがやがや談論する。淵明はこの連中が大好きで、

――この暮らしこそが人たるの暮らし
――なんでこの暮らしが止められよう

と、言い、この村をついの住みかと心に決めた。

従弟の敬遠《けいえん》が死んだ。三十一歳だった。淵明は十六歳も若い敬遠と至ってむつまじく、敬遠が死んだとき長い弔いの文を書いた。その一節にこうある。

――わしはかつて役人となり、俗事にからみつかれた
――ぶらぶらして物にならず、本心に背くのが恐かった
――役人を辞めて帰って来たら、お前はわしの意をわかってくれた
――いつも手に手を取りあい、世俗のうわさなんかどうでもいい
――実りの秋になると、収穫しなければならぬ
――お前と畑に行くのに、一緒に舟を並べ川を渡った
――川のそばで三晩も泊まり、川原で酒を飲み楽しんだ

――月が空高く澄みわたり、温かい風があたりに吹きわたる
――杯をさすりながらぽつり言った、物は長いが人間は短いと
――わが従弟よどうして、わしより先に逝ってしまったのか

敬遠は淵明の苦悩がわかってくれるよき理解者であり、農作業の相手にもなってくれるよき相棒であった。その敬遠の死はつらく悲しいことであった。

淵明は八歳のとき父の真が、十二歳のとき妹の母の妙が、三十歳のとき妻の佳が、三十七歳のとき自分の母の福が、四十一歳のとき妹の愛が、四十七歳のとき従弟の敬遠が死んだ。八歳から四十七歳までの四十年間に身内が六人も死んだ。続く身内の死に淵明は愕然とした。それに四十四歳のとき家が焼けた。淵明は、人生とは、生きるとは、命とは、家とは何なのか、いやが応でも思わざるをえなかった。その思いは淵明の生きかたに大きな影を落とすことになるのだが、五十六歳のときには、なんと自分が生まれた国が死んだ。

国が死んだ。淵明の生まれた母国東晋が滅んだのだ。母国を滅ぼしたのは、劉裕《りゅうゆう》という武人。劉裕は四〇〇年ごろ歴史に登場し、以後戦功を重ねて権力を拡大し、四一八年には東晋第十代の天子で、三十七歳の安帝を殺し、二年後の四二〇年、東晋を滅ぼして天下を取り、

宋国初代天子として即位した。東晋は百二年にして歴史から姿が消えた。

母国を滅ぼされた淵明は、敵国に仕えることは無念でがまんならなかった。いわんや東晋の王を殺して建てた敵国に仕えることは、屈辱以外の何物でもなかった。その思いを露骨に表したいと思った。意気盛んな年齢で、人の上に立つ身であれば、露骨に表す手がないわけではないが、今や農夫で世捨て人の一介の老人。思案したあげく、自分の名を変える、宋代の年号を使わない。情けないが、この程度かと思った。名の淵明を潜《せん》に変えた。深くたたえた水が透き通っている、そんな人間になれとの思いをこめて親がつけてくれた淵明という名。その名を水の中にもぐりだれにも知られない人間になる、との思いをこめて潜とした。せめての抵抗であった。また東晋の時代は年の呼び名は太元二年とか義熙《ぎき》八年とか、年号を使ったが、宋代になってからは年号は使わず、癸卯《きぼう》の歳十二月とか己酉《きゆう》の歳九月九日とか、干支《えと》を使うことにした。これまたせめての抵抗であった。淵明はこうして宋国の存在を否定し、抹殺しようとした。

淵明六十三年の生涯は家庭的には不幸の連続であった。涙から解放されない日が続き、自分も死にたいと思うことも少なくなかった。そうした思いをかろうじておし止めてくれたのは、五人の息子であった。息子ばかり五人、娘はいなかった。長男は淵明三十歳の時の子、次男は三十一歳、三男と四男は三十三歳、五男は三十七歳の子で、長男は前妻の佳との間に生まれ、次男以下は後妻の優との間に生まれた。

二十七歳で佳と夫婦になったが、なかなか子ができない。淵明は悩んだ。世間には人が犯す罪は三千もあるといわれ、そのうち最も大きい罪は親不孝であり、跡継ぎがいないことであった。淵明は最も大きいこの二つの罪を犯しており、せめて跡継ぎができることを念じ続けた。念力が通じたのか、夫婦になって四年経った三十歳の時、待望の子が生まれた。それも陶家を継ぐ資格のある息子である。淵明は「オギャー、オギャー」の産声を聞くや、万歳を叫び、小躍りしてはしゃいだ。

産声は聞いたが五体満足か、淵明は心配になり、かつて聞いたことのある、癩病《らいびょう》をわずらっている親が夜中に子を生んだところ、親はびくびくしながらすぐに明かりをつけしげしげと子を見つめた、という昔話を思いだした。子ができなければできないで心配し、できたらできたで心配する。それが親というもの。明かりをつけて子が親に似てくれねばいいがと確かめるのは、昔話の親だけではない。淵明も明かりをつけて子を確かめた。

五体満足に生まれた子を見た淵明は、ほっと安堵した。安堵したのもつかの間、今度は元気に育てよ、と生まれたばかりの子に話かける。親ばかといえばそれまでだが、〈子を思う親心にうそはない〉と言うではないか。

子に名をつける命名は、子への親の最初の儀式であり、子は親のつけた名を死ぬまで、いや死んでもなお背負わなくてはならない。淵明は占いをたてて吉日を選び、命名の日を決めた。立派ではないが、洗濯した衣類を身にまとい、威儀をただして、

「お前の本名を儼《げん》とし、通称を求思《きゅうし》とする」

と、言いわたした。威厳があり、近寄りがたく、重々しいのが「儼」。「求思」は孔子の孫の孔伋《こうきゅう》の通称の子思《しし》を意識し、子思を求めよとの願いを託したのである。孔伋は孔子の弟子に学問を受け、祖国の国君の師匠となった。『中庸《ちゅうよう》』の著者でもある。

「本名の儼になるには、朝な夕なおだやかさ、つつしみ深さを、心に願い続けることだ」

「通称の求思になるには、子思様のようになれるよう、求め続けることだ」

と、言った。「儼」といい「求思」といい、具体的には見えないが、少なくとも武人になれ、とは言っていない。文人としての態度、品格、風格、人徳、教養など備えた、精神力の強い人間になることを期待したに違いない。

本名と通称を命名し終え、ひと安心した淵明は、今度は才ある人間になってほしい、と生まれたばかりの子に期待する。子に対する親の思いに終わりはない。

—日がたち月がたつと、日に日に大きくなる

—幸せはなかなか来ぬが、不幸せはすぐにも来る

—朝から晩まで励めば、お前の才は花開くはずだ

—才がないとなれば、どうしようもない

才が花開くかどうかは、努力次第。わしの子だから、才がないはずはない。どうか儼、求思の名に恥じぬよう、朝から晩まで努力してほしい。淵明は生まれたばかりの息子につぎつぎに期待する。

三十歳の時、長男誕生。本名は儼、通称は求思、俗称は舒《じょ》。

三十一歳の時、次男誕生。本名は俟《し》、俗称は宣《せん》。

三十三歳の時、双子誕生。三男の本名は份《ふん》、俗称は雍《よう》。四男の本名は佚《いつ》、俗称は端《たん》。

三十七歳の時、五男誕生。本名は佟《とう》、俗称は通《つう》。

淵明は子の本名にはこだわり、全員ににんべんの字をつけた。同じ部首の字を使うことは見識の表れであるが、淵明がにんべんにこだわったのは、人が大好きで人に強い関心があっ

たからであろう。十人十色、人はやっかいな存在なのに、淵明は大好きだった。

四十一歳のとき淵明は、近くの小役人を辞め、柴桑のあばら屋に帰って来た。ひと足さきに妻と帰っていた十二歳の長男を筆頭に五歳の五男まで全員、父を迎えてくれた。息子五人があばら屋の前で、早く帰ってくればいいのに、という表情で待っていた。息子を見て淵明の表情はゆるんだ。五人の手を引いて中に入ると、妻が心づくしの酒を整えてくれていた。徳利の酒をちびちび手酌でやりながら、庭とはいえぬ庭にある木の枝を見ていると、ひとりでに顔がほころんできた。南の窓にもたれ遠くを見やると、小役人を辞めて帰って来た自分をほめてやりたかった。狭いながらもわがあばら屋。ここここそが心の休まる所と実感した。妻の優もそばで表情をゆるめ、うれしげに見守っていた。ただ仕事を辞めて帰った明日からの暮らしを思えば、優はいつまでも表情をゆるめているわけにはいかなかった。

淵明は子ぼんのうで、子がかわいくてかわいくてしかたなかった。役人をしていた時でも、していなかった時でも、淵明は子らと一緒だった。

酒好きの淵明は、その酒は自家製。酒を造るには酒米が必要。酒米を作るには土地が必要。広い土地があるわけではない。広くない土地に酒米ばかり作るわけにはいかない。飯米のうるち米も作らなくてはならない。淵明は酒が飲みたいばかりに酒米作りに努めた。酒米ができた年は自分で臼をつき酒を造る。清酒ではなく濁酒。できた酒を手酌でやる。そばで小さな子どもたちがちょろちょろし、酔っ払い親父のたわごとをまね、わけもわからぬ片言をしゃべっている。淵明はこの小さな子どもたちを見てうれしくなり、役人暮らしの憂さをふっ飛ばしてしまう。酒とちび。淵明の暮らしにはなくてはならないものであった。

小役人を辞めてあばら屋に帰って来た淵明は、田畑の仕事がない時は、一人でなければ村人と酒を飲むか、村人とたわいない話をするかだが、小さな子どもたちを引き連れ、ぶらぶら歩くこともあった。歩く所は小さな山や小魚がいる池が多かった。ぶらぶらするうちに草木をかきわけ、遠くへ遠くへ行ってしまうこともあり、ときには峠を越えて隣村に行ったこともある。それでもみんなついて来てくれた。それが淵明にはありがいことに思われた。ぶらぶら歩きとちび。これも淵明の暮らしを支えてくれていた。

年老いた淵明は秋の時節を迎え、はらはらと散る落ち葉を見て、感慨にひたる。この今をこそ楽しみ尽くさねば、来年この世にいるかどうかわからない。

(妻も子も遺してこの世から消えてしまったら、この家はどうなるのだろう。この家を何とかしてくれるのは子しかいない)

そう思う淵明は天気のいい日に妻と子を連れ、ふた晩泊りで遠くへ出かけた。淵明は道々、あるいは宿で、これから先のことを語った。暗い話が多かったが、子らは年相応に聞いてくれ、淵明は心強く思った。話とちび。これまた淵明の暮らしには大切なものであった。

ところで、四十五歳になった淵明は、五人の息子を詩にした。「わが子を責める」という題であった。

―わしの頭はまっ白で、顔はしわだらけ
―五人の息子がいるが、どいつもこいつも勉強せん
―長男のやつは十六だというのに、無類の怠け者
―次男はすぐ十五になるのに、やる気がない
―三男と四男は十三なのに、六プラス七がわからん
―五男はすぐ九つになるのに、おやつばかりほしがる
―これが天の定めなら、まあ酒でも飲むとするか

「儼」「求思」と命名され、その才を期待された長男。十六年経った今、その長男は「無類の怠け者」。あのとき「才がないとなれば、どうしようもない」ともらしたのは、万が一にもお前は才がないはずはないという、父の自信があったからではなかったか。あってはならぬことが、いま現実に起こっている。長男だけではない。五人みなそうである。淵明は子

らを責めずにはいられない。題を「わが子を責める」としたのも、納得される。

五人とも出来の悪い子だから、責めるのも納得されるが、最後の《天から与えられた運命でこうなるのなら、まあまあ酒でも飲んで憂さを晴らすとしよう》から推測すると、酒を飲むための口実として子らを酒の肴にしたのであって、本気で責め叱り憎んでいるのではあるまい。心の内では子らはかわいくてしかたない。それを裏返して表現する。このおとぼけ手法は淵明の得意とするところで、あちこちで使い人目をひいた。

なお、五人の息子が成長し、どんな生涯を過ごしたのか。その消息はまったくわからない。立身出世するには学問で道を開く以外なかったこの時代。淵明がこぼすように学問しなかったのであろうか。


淵明は子は題にもすえ、正面から詩にした。やっと生まれて来た子だけではなく、家の前で帰りを待ってくれている子、酒のそばで遊んでいる子、一緒にぶらぶらと歩く子など、日ごろの何でもない子をとらえ詩にした。子は淵明の心をやわらげ、慰めてくれる存在だった。子は詩にしたが、妻のことはなぜか詩にしなかった。正面から妻を詩にしなかっただけではなく、家事をしている妻、子の世話をしている妻、布をつむいでいる妻など、日ごろの動きをとらえ、詩にすることもなかった。妻を詩にしなかったのは当時の風潮で、実は淵明にかぎったことではない。孔子が「女という輩は扱いにくい。かわいがるとつけあがり、あなどるとうらむ」と言ったひと言が原因かもしれない。妻も子のように、淵明の心をやわらげ、慰めてくれる存在だったはずだが、女を詩にすることはつつしみ、はばかるべきことだったのであろう。ただ、死んだ妻を詩にすることは、例外であった。淵明も妻ではないが、妹の愛が死んだとき、妹の霊に捧げる文をしたためている。

## 貧乏——《自然》を貫く

淵明《えんめい》は貧乏だった。生まれて死ぬまで六十三年間、とぎれることなく貧乏であった。貧乏の名に恥じない、貧乏の名を汚さない、第一等の貧乏だった。貧乏というより貧窮というのがよい。それは一家の長たる父の真《しん》にしても、つぎに一家の長となった淵明にしても、貧窮にならざるを得ない生きかたをしたからである。端から見ると、妻も子もいるのに、だらしない淵明にちゃんとしろ、と発破をかけたくなる。

役人にならなかった父の真は、夜が明け日が沈むまで、田畑を耕し暮らしをたてていた。田畑の収穫は天候次第、苦労は常に報われるという保証はまったくない。思うような食事もできず、ひもじい思いをする連続で、父が生きていた時から、淵明は貧乏をいやというほど味わった。三十五歳で死んだ父の後には、母の福《ふく》と息子の淵明が遺された。三十歳の母と八歳の息子では、貧乏から抜けでようにも抜けでる手だてはない。だが福が粉骨砕身、不眠不休で田畑を耕し、いつ死んでもおかしくないほどのその日暮らしで、今日絶えるか明日絶えるか、ほそぼそと命をつないだ。父が生きていたとき以上の、どん底の貧乏を味わった。

女手ひとつで命をつないできた母は、大きくなった一人息子の淵明に期待し、貧乏から抜けでることを願った。しかし、淵明は父と同じような生きかたをし、母の願いに背いた。陶家は地主で雇い人がいたとも言われるが、田畑の広さがどれほどあり、雇い人が何人いたのか、その実態はわかっていない。田畑は荒れ地の開墾が多く、舟で行ったり山奥にあったりし、痩せ地で収量は期待できなかったのではないか。雇い人がいたとしても、働き手の中心は淵明であったろう。

貧乏にどっぷりつかり打開策のないまま、時はどんどん過ぎ母は五十を越えていた。生んでくれて三十年ばかりになるが、孝行らしいことは何ひとつしたことがない。

(このまま時が過ぎると、母は一人息子の孝を受けることなく、死んでしまうかもしれない)

淵明はそう思った。

(母に申しわけがたたぬ。不孝は人間が犯す三千の罪で最大とか。貧乏のまま時が過ぎていいのか)

淵明は自分に問いかけ、責めながら悩んだ。

淵明はやっと重い腰をあげ、役人になることにした。役人になれば現金が手に入る。貧乏から抜けでて、老いた母に孝を尽くすには、これが手早いと思ったのだ。職は淵明の住む柴《さい》桑《そう》を治めていた地方の学校関係の仕事。これが二十九歳にして生まれてはじめて就いた職で、佳《か》と夫婦になって三年目のことであった。淵明が長く職に就かなかった最大の理由は、内憂外患の世事に煩わされたくなかったからである。しかし、もはやそうは言っておれなかったのである。

淵明が学校関係の仕事に就いたのは、母方の叔父の紹介であった。名を忠《ちゅう》としておこう。忠からは仕事がつらくても、母のため妻のため、自分のためにがまんし、精をだすよう尻をたたかれて、送りだされた。家族と離れての一人暮らしをはじめ、何もかもがはじめての体験であった。柴桑から一度も出たことのない淵明には不安であったが、叔父の忠告に背くまい、と思った。

職務に就いた淵明は、その仕事になじめなかった。文書作りなど事務の仕事も、職場の人間関係も性にあわず、対応しきれなかった。叔父の忠告に背くまいと思いながら、限界を感じた。折角の仕事を辞めたら、孝行できなくなる。それは十二分にわかっているが、ついにがまんしきれなくなった。職に就いて半月後のことであった。

わずか半月してあばら屋に帰った淵明は、母と妻を前にして頭を下げ詫びるばかりである。

「役人仕事はわしの性分にあわぬ」

と、ひと言だけ言った。母も妻も問いつめなかった。問いつめなくても、淵明の胸中は理解できた。


学校関係の仕事を半月ばかりで辞めて間もない淵明に、つぎの仕事の話がまいこんだ。今度は文書戸籍係。これもまた母親孝行をしてほしいと思う、母方の叔父の忠の紹介だった。だが淵明は一考することなく、一も二もなく即座に断った。役人仕事はこりごりで、うんざりしていた。

(母孝行は貧乏ながら、一所懸命田畑を耕して尽くそう)

と、思うことにした。

晩年、人生をふりかえって、淵明は、

「わしは生まれてこのかた、ずっと貧乏神にとりつかれ、今なおひもじい思いをしておる。ご馳走を食いたいとは思わぬが、せめて菽《まめ》や麦を食いたい。月に九度しか食にありつけず、夏でも冬着を着て暑くてたまらぬ」

と、つぶやいた。

人の暮らしは物質的には衣と食と住とからなり、衣と住はがまんしようと思えばがまんできた。夏だろうが冬だろうが、一年中同じ物を着て、夏の暑さ冬の寒さには、着る物の数で調節すればいい。寒い冬でも冬むきの布団なしで寝たし、ぼろを着て一晩寝ずに過ごしもした。あばら屋にはすき間風が吹きこんだり、荒れ放題の草が庭を埋め尽くしたりした。気にすれば気になるが、衣と住は何とかなった。


何とかならないのは食。食は毎日のことで、食が絶えると命が絶える。役人を辞めた淵明は食の確保に精をだした。食の確保、それは田畑を耕す以外、淵明には手がなかった。淵明は人がまだ寝ている時に起き、人が寝終わった後に帰る。星を戴いて家を出、月を従えて家に帰る。行く道も帰る道も細く狭いうえに草や木がじゃまし、草木に降りた露や霜で野良着はびしょびしょになる。一日中働けばくたくたになるが、貧乏から抜けでるにはこれ以外なかった。働けば働いただけ収穫もあるし、耕作地も広がる。淵明はそう信じて田畑の仕事に精をだした。しかし、霜や霰が収穫を台なしにし、貧乏を余儀なくさせる。貧乏から抜けでることのできる農作業ならば、少々の苦労は苦しくはないが、貧乏に陥れる災害は憎くて憎くてしかたなかった。収穫を水の泡と化してしまうのは霜や霰だけではない。地震、旱魃《かんばつ》、暴風、洪水、雹《ひょう》など毎年のようにあり、屋根を吹っ飛ばすし、田畑を使えなくするし、山や庭の樹木をなぎ倒すし、収穫前の穀物を台なしにするし、被害は甚大であった。父の真が死んだ年には、大旱魃で大量の餓死者が出た。餓死者が出たのはこの年に限らなかった。淵明三十八歳のときには、長江下流域が大飢饉に襲われ、金持ち連中は全財産を身につけて餓死し、人口は半分に減り、多くの街は壊滅に近かった。自然がもたらす災害は、人の力でどうすることもできぬことで、手の打ちようがなく茫然自失の体であった。

淵明は働きに働いた。

―わしの仕事は田畑を耕すことで、役人になることではない
―さぼったことは一度もないのに、口に入るのは米ぬかばかり
―満腹なんて望みはせぬ、せめてうるち米を一杯食いたい
―それさえ適わぬとは、悲しくもつらいことだ
―人はみな都合よくいくのに、わしはなぜうまくいかぬ

淵明はだれに見せるわけではないが、こんな詩を作って自分で自分を慰めた。《働けど働

けどわが暮らし楽にならざり、じっと手を見る》とは、わが東北地方の詩人の告白であった。

田畑を耕し、働いても働いても、貧乏から抜けだせない淵明は、抜けだすためにまた職に就くことにした。二十九歳のとき学校関係の仕事に就いたが、事務的なことも人間関係も性にあわず、半月ばかりで辞めて七年経った三十五歳のことである。先には文事関係の机上の仕事で失敗したので、今度は一転して国の安全を守る軍事の仕事に就くことにした。軍事を選んだ決め手は、この方が実入りが多いのでは、と思ったからだ。現金が手に入る。これが唯一無二の理由。このたびは自分から母方の叔父の忠に頭をさげ、頼みこんだ。

淵明には軍事の血があった。それは父の血でも祖父の血でもない。曾祖父の血である。曾祖父は侃《かん》と言い、東晋初期の三代の天子に仕えて、国に弓を引く連中をつぎつぎに撃ち破り、国の安泰に貢献した将軍である。その名を知らぬ者は天下になく、名声は広く長く伝えられ、淵明の時になっても、侃が淵明の曾祖父であることはみな承知していた。

曾祖父侃の血を引く淵明は若くて意気盛んなころ、たぎる血がおさえがたく、剣の柄に手をかけ天下狭しと歩き回ったことがある。近くはもちろん、遥か西北のはて東北のはてまで、だれも行かない所まで歩き回った。腹が減ったら首陽山《しゅようざん》の蕨《わらび》を食い、喉が渇いたら易水《えきすい》の泥水を飲み、血をふるいたたせた。たぎる血がわかってくれる連中に会いたく思ったが、会ったのは古い古い墓ばかり。墓に眠る主はたぎる血を見向きもしない連中。剣の柄に手をかけ天下を歩き回った淵明が最後に手に入れたもの、それはたぎる血に賛同してくれる人間ではなく、たぎる血を否定する人間であった。

たぎる血がわかってくれる連中に会いたく思いながら会えず、逆にたぎる血を否定する人間に会った淵明は、軍事への関心はなくしたはずである。現に淵明は告白している。

「若かったころのわしは、楽しいことがなくてもうれしかった。それはたぎる血、燃えさかる意気で、翼を広げ天下のはてまで飛翔したかったからだ。だが時がどんどんどんどん過ぎてゆくと、そんな思いは日に日になくなってしまい、楽しいことがあっても楽しくはなく、いつもいつも気がふさぐばかり。気力はだんだんだんだん衰え、日に日にどうしようもなくなる」

軍事への関心をなくしたはずの淵明が、なんと軍事の仕事に就くことにしたのだ。それはわずかでも多い収入がほしかったからだ。昔の本に、

「家が貧乏で老いた親を持つ者は、仕事を選ばず仕えなくてはならぬ」

と、ある。淵明はこれを承知していたはずである。仕事は鎮軍《ちんぐん》将軍の部下。鎮軍は軍を鎮

める軍組織で、その長たる職が将軍。時の鎮軍将軍は劉牢之という武将。劉牢之はこのころ長江下流域を守備しており、交通手段は舟であった。淵明の住む柴桑を出て最も近い港は尋陽《じんよう》、任地は京口《けいこう》。尋陽を出て長江を下ると、規林《きりん》、都の建康、京口などの街がある。淵明が劉牢之の部下となったのは三十五歳だが、三十八歳のとき劉牢之は自殺しており、部下として仕えたのは四年足らずである。

四年足らずの間、劉牢之は弓を引く王恭《おうきょう》・殷仲堪《いんちゅうかん》・桓玄《かんげん》らを撃ち、また都の建康に迫って来た孫恩《そんおん》を退けるなど、第一線で兵を指揮し武功をあげていた。淵明はといえば、第一線に立って剣を腰にし、弓を引く輩を倒すのではなく、食糧の補給や調達、文書や事務の整理など、軍の裏方の仕事だったようである。劉牢之の命を受け、尋陽より上流の江陵《こうりょう》へ行って帰る夜中、塗口《とこう》を通り過ぎたとき、

「わが職を思うと寝る間もなく、夜中とてただ一人舟を下る」

と、宮仕えのつらさをつぶやき、都の建康から古里の柴桑へ帰る途中の規林で、大風に遭い足どめを食った時も、

「職を背負った旅はつらいと人は言うが、今やっとそのつらさがわかった」

と、宮仕えのつらさをしみじみ述べている。しかし、第一線に立って弓を引く連中を倒すつらさは、まったく語っていない。

命をはる仕事をするわけでもないのに、淵明は劉牢之の部下になろうと、任地の京口へ行く途中の舟の中で、早くも里心がついた。

—一艘の小舟が遠く小さく揺れ動き、里心にとりつかれどうにもならぬ

—任地までなんと遠いことか、上ったり下ったりすること千里ばかり

—目は長い道々珍しい物にも厭き、心は山や沼のある古里を恋しがる

—雲間に飛ぶ鳥にわが身を恥じ、水に泳ぐ魚にわが身を恥じる

長江という大海原に一艘の小舟。風が吹けば雨が降れば、どこへ行くやらわからぬ小舟。見るもの聞くもの、みな生まれてはじめて。小舟を降りることはできない。淵明は一気に不安になる。思うのは古里のことばかり。

(貧乏から抜けでて母に孝を尽くしたい。少しでも多い現金を手に入れたい)

という思いはどこへ飛んでいったのか。

里帰りが許されて、都から古里の柴桑に帰る途中の規林で、大風に遭い足どめを食った時も同じだった。

「都から古里までの道のりは長いというものではない。舟に乗って長江を下り、劉牢之に仕えて一年になる。五日前ようやく古里へ帰ることが許され、朝に晩に帰れるまであと何日と、子供のように指折り数えた。古里はいい。理屈抜きでいい。帰れば母がいる。五十八になる

母がいる。孝を尽くさねばと思う。腹違いの妹も待っている。三十三になる。母にも妹にも早く逢いたい。いっときも早く帰ろうと、力をこめて棹を漕ぐが、川は曲がりくねって舟はなかなか進まない。川の両側にそびえる山々は、そそり立ちなんと険しいことか。古里までの道のりを思うと、気がふさがり重い。険しい山や川にはばまれて、舟は遅々として進まない。時ばかり過ぎて気がつくと太陽は西に傾き、暗い夜を迎えることになる。そのとたん前ぶれもなく、意に背いて逆風が吹き続け、川は荒れに荒れ、くだけ散る波は天にとどろき、舟は一尺一寸も進まない。腹立たしくてしかたない。漕ぐのを止めて安全な所に舟を停めることにした。逆風の中をしばらく漕ぐと、川べりに竹やぶで囲まれた小さな入り江があった。その辺の漁師が舟をつなぐ所らしく、そこで一夜を明かすことにした。時は五月で寒さが残っている。一睡もできないまま夜が明けあたりを見ると、一丈も二丈もある草むらがはてしなく広がり、葉を落とした木立がひっそり立っている。古里の草むらや木立に比べ、この光景のなんとむなしいことか。むなしいこの光景が古里になかなかたどり着けないもどかしさ、やるせなさを増幅する。古里までまだどれほどの距離があるのか。それほど遠くはなさそうだ。かかとを上げて遠く見やると、古里の北がわにそびえる廬山《ろざん》らしき山がぼんやり見える。ここまで来て逆風にやられ、行く手をはばまれるとは。いかんともしがたい。劉牢之に仕える仕事から、いっときも早く足を洗おう。時は待ってはくれない。ためらうことなく、思うままに生きたい。貧乏なんかこわがることは何もないのだ」

この思いは大風に遭い、足どめを食ったこの時だけではない。劉牢之に仕えるために舟下りした当初からずっと持っており、仕えたことをひどく後悔していた。いっときも早く辞めたいとの思いに、きっぱり決着をつけてくれたのが母の死だった。母五十九歳。淵明は悔いても悔いても悔いきれなかった。孝行らしきことを何ひとつしなかったからだ。それを一番に悔いた。二十三歳で淵明を生んでくれて三十七年。母が生んだ一人息子と、夫が外に作った娘を育てるために、ひたすら働き続けた。苦しくつらい日々ばかりで、楽しく喜ばしい日は一日もなかった。貧乏の一生だった。

淵明は喪に服した。期間は三年。淵明は柴桑に閉じこもり、家族七人で貧乏暮らしを続けた。人が起きる前に家を出て、人が寝てから月を背負って帰る。田畑を耕す暮らしにもどった。

喪に服していた期間とて、貧乏から抜けでることはできなかった。服喪の期間が終わり四十一歳になった淵明は何を思ったのか、またも軍事の仕事に就いた。建威《けんい》将軍の部下。建威将軍だったのは劉牢之の息子の劉敬宣《りゅうけいせん》。淵明が劉敬宣の部下になったのは、父の劉牢之が生前に劉敬宣に推薦していたのであろう。劉牢之は淵明の仕事ぶりを評価していたが、母の喪に服するために辞めざるを得なかった。喪が明けたらもう一度と思っていたが、自殺に追いこまれたので、息子の劉敬宣に推薦していたのだろう。淵明が劉敬宣の誘いに乗ったのは、貧乏から抜けでたい思いもあったが、劉敬宣の任地が淵明の古里の柴桑に近い尋陽だったことが大きい。二つ返事で応じた。

劉敬宣の部下となり、使者として舟で長江を下り都の建康へ行く途中、銭渓《せんけい》を経過したとき、若いころを思い起こして感慨を述べている。

「この辺は以前来たことがあるが、あれからもう何年も経ったようだ。しかし、朝に晩に山や川をじっと見つめていると、あのころがぼんやりと思いだされ、そうだそうだと納得される。そぼ降る雨は高くそびえる樹木を洗い清め、清らかな風に誘われて鳥たちは天高く舞い上がっている。このさわやかで美しい光景は、あのとき見た光景とまったく変わっていない。銭渓はなんとすばらしいではないか。これに比べてわが身は何たることか。劉敬宣殿の命を帯び建康へ行くわが身。ご苦労きわまりない。この肉体はがんじがらめに縛られ、身動き取れぬように見えようが、精神はといえば縛られることなく、身動き自由なのだ。命を帯びて都へ行く途中の今だって、古里柴桑の田畑を忘れたことはない。夢にだって現れる。田畑を離れて生きることは絶対できぬ。最後の思いはこんな大きな川ではなく、谷間に小舟をつないでひっそりと暮らし、霜に遭っても色を変えない柏の樹になることだ。貧乏でもかまわぬ。何ものにも揺るがない、《わが主義》を全うする人間になるのだ」

淵明が部下として劉敬宣に仕えたのは、わずか四か月だった。それは劉敬宣が建威将軍の職を解かれたからで、必然的に部下となることはできなかったのである。


自分の意志で辞めたのではなく、辞めざるを得ない客観的な事情で辞めたことは、

(田畑を離れて生きることは絶対できぬ)

と、思う淵明には、渡りに舟であった。だれに気がねすることなく、古里の柴桑に大手をふって帰って来た。帰っては来たが、あばら屋には妻と十二歳から五歳まで五人の息子がいる。息子たちは今が食べざかり。田畑からあがる食べ物では、息子たちの腹を満たすことはできない。米つぼに穀物が蓄えてあるわけではない。もちろん食いぶちはない。

「何ものにも揺るがない、《わが主義》を全うする人間になるのだ」

そんなたわけを言っておられる時ではない。帰って日が経つにつれ、家の中がようやくわかってきた。このままでは餓死する。何とかせねばと思うのだが、どうしていいかわからず、良心にさいなまれる淵明。母方のあの叔父の忠が見るにみかね、またも助け舟をだした。

「おい、勤めに出たらどうだい」

「勤めたいと思ってはいるのですが…」

「そうか。勤めに出るには今はいい機会だ」

「なぜですか」

「世の中は今、あちこちで弓を引く者がおり、領主たちは人々に金品や情愛を施し、人気とりをはじめたのだ」

「どうすればいいのですか」

「人気とりに乗ればいい」

「どうすれば乗れるのですか」

「わしが何とかしてやろう。望むところがあるのか」

「物騒な世ですから、遠くでない方がいいかと…」

「そうか。尋陽から東へすぐの彭沢《ほうたく》はどうだ」

「ありがたいことです。どんな仕事ですか」

「そこを取りしきる長だが、まあ小役人だ」

「暮らしやすいでしょうか」

「小役人になったら、広さ三頃《けい》の田んぼが支給され、米を作ることもできるぞ」

田んぼが支給され、米を作ることもできると聞いて、淵明は小役人の仕事に飛びついた。

田んぼに酒米を植え大好きな酒が存分に飲めると思ったのだ。これまでは単身赴任だったが、今度は家族七人で赴任した。

彭沢に着くや、淵明は三頃の田んぼに酒米を植えようとしたところ、妻がその六分の一の広さにうるち米を植えてほしいと言うので、しぶしぶ承知した。着くや否や妻といさかいをしたせいではあるまいが、淵明は数日のうちに、帰りたい思いに襲われた。そうした折、下っ端役人が淵明に、

「お上が視察にお見えになりますので、衣を整えてお迎えくださいますように」

と、言ってきたのをとらえ、

「わしはわずかな俸給しかもらっておらん。なんでそいつにぺこぺこ頭を下げねばならん」

と、言い、その日のうちに辞表をだし、辞めてしまった。彭沢の小役人を勤めた期間は八十日ちょっと。叔父の忠の面子はまるつぶれである。

あまりに早い辞職だったが、右の理由は口実であった。腹違いの妹の愛が死んだので、いっときも早く会いたくて辞めたと言うが、それも口実である。本当の理由は《わが主義》に背くことができなかったからである。淵明は自問自答しながら、自分の生きかたを沈思黙考し

た。

「わしの心身にはどうも生まれながらに《自然》なるものが宿っておる。《自然》なるもの、それはわしにも得体がつかめぬ。得体のつかめぬ《自然》なるものは、なかなかじっとしておらず、ときどきしょっちゅう動きだし、わしに指示し命令するのだ。〈お前は今、酒米につられて小役人をやっているが、それでいいのか〉と。わしはそのたびに苦しみ悩むのだ。わし一人ならば苦しみ悩まぬが、家族がおり苦しみ悩むのだ。この《自然》はわしに多大な迷惑、困苦をしいている。実にやっかいな代物なのだ。家族のことはさておき、わしは《自然》を貫くのだ。わしはこれを《わが主義》と自認している。こんなことを考えていると夜が明け、堂々めぐりで結論にたどり着けぬ。わしはなんともわがままで、やっかいな人間のようだ。人さまにはわしの《自然》はなかなかわかってはもらえまい」

こんなことを考えたのは、四十一歳の今にはじまったことではない。生まれてこの方、もの心が着いたころには考えていた。とりわけ職に就いていた間は、秒単位で考えていた。ある意味では淵明にとりついた病魔で、病い膏肓《こうこう》に入るとはこのことである。

沈思黙考した末、淵明は、

（この問題をいつまでも引きずるわけにはいかぬ。不惑の年を越えているではないか。このまま引きずると、家族みんなだめになる。結論をださねばならぬ）

と、思った。そして、

「《自然》《わが主義》を曲げ、妥協して生きる。それはわしには到底、いや絶対できぬ。わしの信念を貫く」

との結論に達した。これを結論として以後、もう苦しみ悩むことはすまい、とわが身に言い聞かせた。


《自然》《わが主義》を貫くとみずからに言い聞かせる淵明は、彭沢の小役人を辞め古里へ帰る時、

「わしは拙《せつ》を守って古里に帰り、廬山の南の荒れ地を開墾するのだ」

と、宣言した。「拙を守る」とは《自然》《わが主義》を貫くこと。淵明は拙の語を好んで使うが、五人の子らに与えた手紙にこう使っている。

「わしはもう五十を越えた。若いころから貧乏で難儀をし、日ごろの暮らし向きはどうしようもなく、あっちこっち飛び回った。もって生まれた性分は頑固で才能は拙く、他人に逆らうことが多かった。自分のことばかり考えて自分を押しとおすと、苦悩ばかりが残ると思い、小役人を辞めたのだ。以後、いたいけなお前らにひもじい思いをさせている」

「才能が拙い」とは才能がにぶいことで、それは「他人に逆らうことが多い」才能、「自

分のことばかり考えて自分を押しとおす」才能。こうした才能は性分の頑固さと切り離せないが、こうした才能は世の人には受け入れられず、世渡りべたと見なされるに違いない。世渡りべたの「拙」が貧乏の元凶ならば、「拙を守る」ことを止めれば、いたいけな子らにひもじい思いをさせずにすむ。なのにこのやっかいな「拙」を嫌うことも、隠すことも、恥じることもなく、むしろ誇りにさえ思い、しっかりと守り古里へ帰って来たのだ。

「拙を守る」。それは荘子が言う「真を守る」「一を守る」と同じであり、淵明にとっての「拙」は「真」（純真）、「一」（根源）と同義であった。「拙を守る」ことは「真」「一」を「守る」ことであり、《自然》《わが主義》を貫くことであった。死ぬまで「拙」を守りとおせたか。いや必ずしもそうではない。揺らぐことが少なくなかった。

貧乏の元凶たる《自然》《わが主義》を貫くと言う淵明は、これを「固窮《こきゅう》の節」とも称する。貧窮を固守する節操のことで、財産や物品などの不足を守り貫く信念ということ。淵明は子らにひもじい思いをさせても「固窮の節」を貫くと言う。

「固窮の節をわが信念としたゆえに、飢えや寒さはただならなかった。あばら屋にはすき間風が吹き、庭の前には草が荒れ放題。ぼろを着て秋の夜長に耐え、一番鳥が鳴くのをじっと待つ」

「千年も前の本を読んでいると、昔の人の強烈な功績に出あう。その人たちにはとても及ばぬ。固窮の節は間違った選択だったか。平凡な生きかたはしたくない。あばら屋住まいは世渡りべたのせいなのか」

みずから決めた「固窮の節」。言い換えれば「拙を守る」。《自然》《わが主義》を貫く。淵明がこれほどまでに自分の生きかたを語り続けるのは、この生きかたに泰然自若としておれなかったからではないか。自分の生きかたに思うところがあったのではあるまいか。

―帰ろうよ、田畑が荒れようとしているのに、なぜ帰らぬ
―心を肉体の奴隷にしたのは自分だろう、なのになぜ自分をうらみ悲しむのか
―過ぎたことはどうにもならぬが、先のことはどうにでもなるではないか
―道に迷ってきたが先はまだまだある、今が正しく今までは間違っていたのだ

―帰ろうよ、世の連中とつきあうのは止めることにする
―世の人はわしを捨てわしは世の人を捨て、二度と再び役人になりはしない
―家族との心温まる話がうれしく、琴や本で憂いを消したい

淵明は《自然》《わが主義》を貫くのだと、自分に語りかけ、八十日ばかりの彭沢での暮らしを終え、古里の柴桑に妻と五人の息子を連れ帰ることにした。帰るわけを妻や子に説明するのはつらく心苦しかった。一家の長として逃げることはできなかった。

「彭沢を引きはらって古里へ帰ろうと思う。理由はひとつ。わしのわがままだ。わしなりに考え、たどりついた結果だ。いちいち説明すると、愚痴になる。許してくれ。帰ったら今まで以上に働く。貧乏させないように努める。わがままなわしを許してくれ」

いったん言い出したら後へひかない淵明の性格を知っている妻の優は、内心思うところはなくはなかったが、留めたり責めたりはしなかった。


古里に帰り七人で暮らしだして以後、職に就くよう誘われることがあったが、いっさい断って職に就かず、六十三で死ぬまで、家族と田畑を耕し古里で暮らすことになる。しかし、心身に宿る得体のつかめぬ《自然》が完全に消え去ったわけでない。帰ってきた淵明はその暮らしの一端を語る。

「わしは人里にあばら屋を造って住んでおるが、役人はだれ一人やって来ない。山の中にあばら屋を造っておるのなら、役人がやって来ないのは当たり前だが、欲にかたまった人間がおる人里に役人がやって来ないのだ。不思議だろ─」

「そんなことがあり得るのか」

と、いぶかしげに問う者がおるので、

「住んでおる場所の問題ではない。住んでおる者の心持ちが人里から遠く離れておるからだ」

と、言ってやった。

「わしはここへ帰って来てから、家の東がわの垣根の所に菊を植え、それを摘みとるのが楽しみなのだ。摘みとった菊は見ても楽しいが、薬にもなるし、酒に浮かべて飲むと、長生きもできる。一石三鳥とはこういうことだ」

しばらく間をおいて、淵明はこんなことをつけ加えた。

「菊も楽しいが、山を眺めるのも楽しい。なかでもあそこに見える山が楽しい。あれは廬山《ろざん》という山で、峰は九十九もある。一番高いのは漢陽峰《かんようほう》と言い、七百五十丈ばかりある。昔昔のその大昔は氷の山だったそうな。昔の昔には仙人が住んでいたし、今は坊さんが住んでいる。この山は朝もいいし、日暮れは一段といい。朝早くきれいな霞が樹木の間にたなびくのは絶景だし、ねぐらを出た鳥が連れだって朝焼けの中を飛んで行くのは何とも言えぬ。それに夕暮れ西に沈む日が山に照り映えるのは口では言えぬし、朝出た鳥が夕日の照り映える山のねぐらへ連れだって帰ってくる光景は、胸にじーんとくる。貧乏だが、至福の時なのだ。わしの心にぴったりなのだ。この情景は世俗にはない。それを言葉で言おうと思うが、言葉がみつからぬ。案外これがわしの心身に宿る、得体のつかめん《自然》なのかも知れぬ」
二十九歳から四十一歳までの十三年間に四回職に就き、四回とも辞めて古里に帰った淵明は、《自然》《わが主義》を貫いたのだから、精神的なやすらぎは満喫したかもしれないが、家族はやすらぎを覚えたことは片時もなかったであろう。世の中は年々物騒になり、自然災害も止むことなく、息子たちは年々大きくなり、田畑から収穫をあげることは、決して楽ではなかった。非常に苦しかった。淵明は一人で田畑の仕事をこなし、かつて母福がしたように、粉骨砕身、不眠不休で働いた。それに淵明は若いころから体が弱く、三十代以降は過労と粗食で栄養失調になり、五十代以降は脚気と熱病にかかり、田畑の仕事に力のかぎりを尽くす体調ではなかった。体に鞭うって田畑に精をだす。働いても働いても貧乏から抜けだせぬ淵明は、ぶらぶらぶらぶら歩き物乞いをした。
―ひもじさがわしを駆りたて、行くあてもなく家を出た
―歩き続けて見知らぬ家に着き、門をたたくが言葉にならぬ
―主人はわしの本意に気づき恵んでくれた、来た甲斐があった
―話がはずんで日が暮れ、さされるほどに杯をほした
―知りあった喜びはひとしおで、その思いを詩にしてみた

――主人の恩に感謝したいが、その才がないのが恥ずかしい
――今は胸の中に収めておき、冥土から恩返しをしたい

詩の題はずばり「乞食」。頭をさげて見知らぬ人に食を乞う行為は、憐れで情けなく、みじめで恥ずかしいことだが、この詩はそれを感じさせない。深刻ぶらず淡々としている。淵明は乞食という行為、言い換えれば貧乏という暮らしは、憐れで情けなく、みじめで恥ずかしいことだ、と思ってはいないのではないか。そうなのだ。淵明は貧乏暮らしは憐れで情けなく、みじめで恥ずかしいことだ、と思っていなかった。やせがまんを張っているようにも見えるが、むしろ楽しいことだと思っていた風がある。


ある雨の日の昼さがりだった。手持ちぶさたの連中が濁酒をさげてあばら屋に集まり、例のごとく杯をかわしながら井戸端会議に興じていた。とりとめのない話がひとしきり終わったところで、陸沈《りくちん》という村役場に勤める若者が、

「淵明さん、自分の貧乏暮らしをどう思っていますか」

と、聞いてきた。濁酒を味わっていた淵明は、断ることでもないと思い、照れくさそうに話しはじめた。

「貧乏は貧乏で、農夫は農夫でいろんな楽しみや喜びがある。雨風がしのげぬあばら屋だっ

て、継ぎはぎだらけのぼろ着だって、空っぽの飯椀や汁椀だって、いいではないか。あるがまま。それもいいではないか。こんなことは心配ごとの多い金持ちや大臣にはわかるまいが、そこには楽しいことがある」

と、言い、昔昔の世の貧乏話を、杯を手に語りはじめた。

何人かの貧乏話をし、顔淵《がんえん》という男の話になると、酒のせいもあってか力が入った。

「顔淵という男を知っているか。あの偉い孔子の一番弟子の顔淵のことを。顔淵はわしに勝るとも劣らぬ貧乏だった。飯椀・汁椀はいつもいつも空っぽ。食う物は穀物がないので糠《ぬか》か野菜。飲む物は火がないので湯ではなく冷たい水。枕がないので曲げた腕が枕代わり。路地裏にあるちっぽけなあばら屋。普通の人間ならこんな貧乏暮らしはせつなくてやりきれず、抜けだそうとするに違いない。だが顔淵は楽しいことだと受けとめ、こんな暮らしを死ぬまで貫いたのだ。顔淵は空っぽの飯椀や汁椀、路地裏のあばら屋そのものを良しとしたのではないぞ。貧乏な空っぽやあばら屋の中にこそ、おのずから楽しみは存在しているというのだ。わしもそう思う。だからこそ顔淵はこんな貧乏暮らしから抜けださず、死ぬまで貫いたのだ。師の孔子は顔淵が信念を貫いたことを、〈偉いのう顔淵は〉を何度もくり返し、ほめたらしい。この顔淵が死んだ。孔子より三十若い顔淵が死んだ。四十一だった。そのとき七十を超えていた孔子は傍若無人、大声をあげて泣き、思わず崩れ落ちた。そして何度も〈ああ、天が余をほろぼした〉とくり返し、ひどく悔やんだそうな」

淵明はここで一息入れ、杯を二、三杯あけると、顔淵の話を続けた。

「顔淵が死んだ時、孔子は〈余が理想とする道がゆきづまった〉と嘆き、絶望のどん底に落ちた。孔子にとっての顔淵は、孔子の理想をこの世に実現してくれる、最も信頼する最愛の弟子だったのだ。一番学問好きだったのが顔淵じゃ。一を聞いて十を理解したのが顔淵じゃ。八つ当たりしなかったのが顔淵じゃ。過ちを二度としなかったのが顔淵じゃ。欲にうち勝とうとしたのが顔淵じゃ。頭から仁が離れなかったのが顔淵じゃ。理想の道を得ようとしたのが顔淵じゃ。その顔淵が死んだ時、孔子はこう言った。〈余は前へ前へと進む顔淵は見てきたが、止まる顔淵は見たことがない。生きていたら今なお前へ前へと、いや永久に前へ前へと進むであろう。その顔淵を見ることができないのは、残念きわまりない〉と。わしもそう思う」

ここまで顔淵の話をした淵明は、

「わしは顔淵じゃ」

と、言い、顔淵の話を終えた。

淵明はこんな貧乏話はたくさん知っていたようで、最後に話すのは黄子廉《こうしれん》という男だと言ったが、酔いがまわったせいか、話はどうも淵明が知っているいろんな貧乏話がごっちゃになっているようであった。

「黄子廉は顔淵よりもだいぶ後の男だが、やっぱり貧乏だった。この男は若いころ志願して近くの役所に務めていたが、性に合わぬといって一か月で帰って来た。帰ってからの暮らしは例によって例のごとし。着る物は一年中ぼろで、それも寸足らずのつんつるてん。帯の代わりに縄をまき、破れぞうりをひっかけ、その辺をうろうろしていた。冬は寒くてしかたなかったので、窓に寄りそい日なたぼっこでしのいだ。夜は枯れ草にもぐって暖を取り、寒さをしのいでいた。雪が降ったら外へ出られず、そんな日は何も食わなかった。煮たきの煙が出ることはなく、畑の芋《いも》を掘りかじったり、藜《あかざ》の汁をすすったりしていた。飢えや寒さは恐くはなく、平然としていたそうだ。家のぐるりには雑草が茂り、世間の連中とはつきあわなかった。楽しげに琴を弾いたり、澄んだ声でうたったり、詩を作ったり、本を読んだりして、のんびり暮らしていた。しかし、霜や霰《あられ》などで収穫できない時は、妻が黄子廉の前で土下座し、〈この貧乏なんとかしてくださいませんか〉と、涙ながらに懇願したという。妻の意図はもう一度役所務めをしてほしい、ということだ。目の前で泣かれた女の涙。日ごろ愚痴をこぼさぬ妻の涙に、黄子廉はぐっと胸がつまり動揺した。だがしかし、〈わしにはわしの志がある〉。自分にそう言い聞かせ、妻の懇願を拒絶したそうな。わしだって拒絶する。黄子廉が死んだとき妻が亡きがらに布切れをかけようとしたが、ぼろの布切れは頭から足までおおう長さがなかった」

ここまで話した淵明は、杯を手から放し、間をおかず、

「人は貧乏は貫きにくいと言うが、そんなことはあるまい。黄子廉がいるではないか。彼は貧乏のとことんを知っていたが、その貧乏は望んでのこと、いっさい悩むことはなかった。彼が死んでから何年も経つが、こんな人間は二人と見たことがない。わしは世渡りは下手くそだが、こんな人間とはいつまでもつきあってみたい。彼のような生きかたができたら、今日の夕がた死んでも悔いはない。黄子廉は自分の生きかたを信じて、それを守りとおしたじゃないか。そのために貧乏につきまとわれ、それをわかってくれる者がいないとしても、それをどうしようもないと納得し、悲しむことではない」

と、言った後、

「わしは黄子廉じゃ」

と、言い、黄子廉の話を終えた。

顔淵と黄子廉の二人の貧乏話をし終えた淵明は、いかにも満足げであった。そして濁酒を

四、五杯あおり、きっぱりとこんな話をして、貧乏話をしめくくった。

「わしは貧者ではない。貧士だ。顔淵も黄子廉ももちろん貧士だ。貧者はただの貧乏人だが、貧士はただの貧乏人ではない。昔の偉人の言葉に〈貧だが道を楽しむのが貧士〉〈貧は士にはつきものなのだ〉〈貧は士にふさわしく、卑しいことでない〉とあるではないか。士とは学問や人格がある人間。わしは学問も人格もある人間なのだ。だからわしは貧乏は憐れで情けなく、みじめで恥ずかしいことだとは思っていない。むしろ楽しいことだと思っている。もっと言えば、誇りにさえ思っている」

その座にいた連中は淵明の貧乏話に終始うなずいていた。

《自然》《わが主義》を貫き、「わしは顔淵じゃ」「わしは黄子廉じゃ」「わしは貧者ではない。貧士だ」と言い、五人の子をその犠牲にし貧乏を強いる淵明は、昔の話をもちだし精神訓話をする。

楚《そ》の大臣の令狐子伯《れいこしはく》は、息子に友人の王覇《おうは》あての手紙をもたせた。王覇は令狐子伯の子の着ている物がわが子より立派なのを見て、恥じ入った。すると、王覇の妻が「あなたは若いころから清廉潔白、名誉や地位は望みませんでしたね。令狐子伯はあなたより偉いのですか。どうしてこれまでの考えを忘れ恥じ入るのです」と言うと、王覇は妻の言葉に感じ入り、生涯隠者の暮らしを貫いた。

淵明は王覇の生きざまを自分に重ね、自分が貧乏なのは若いころから名誉・地位を求めず、清廉潔白を守りとおしたためであり、五人の子らに「ぼろを着ていても何も恥じることはない」と言い、さらに互いに助けあって苦難を乗りきった鮑叔《ほうしゅく》と管仲《かんちゅう》、帰生《きせい》と伍挙《ごきょ》のようであれと言う。他人でさえこのようであった。父を同じくするお前たち、力をあわせて何としても貧乏を乗りきるように。貧乏を耐えぬいた淵明は、五人が力を一つにして貧乏にたち向かうよう精神訓話をし、いたいけなわが子を励ますのである。

ぼろしか来たことのない五人の子らは、どんな思いで父の訓話を聞いたであろうか。

## 風　景――感慨にふける

淵明《えんめい》の生まれた柴桑《さいそう》は、盧山《ろざん》の南がわのふもとにあった。長江は盧山の北がわにあるので、柴桑から長江へ行く道は、盧山の西がわのふもとを走る南北をつなぐ道であった。道のりは車で二時間ばかり。舟着き場の尋陽《じんよう》は道の終点にあった。

柴桑の淵明のあばら屋あたりには、田もあり畑もあり、山もあり川もあり、野もあり沼もあった。田には酒米やうるち米を植え、畑には麦や豆や野菜が植えてある。山には木や竹のほか、獣や鳥が住みつき、川には魚が泳ぎ小舟が往来している。野にはさまざまな虫や草や果物があり、沼には水草が浮かび小魚がちょろちょろしている。この長江中流域の風光明媚な景観は、人におだやかな暮らしをさせてくれた。

四十一歳で彭沢《ほうたく》の小役人を辞め、柴桑のあばら屋に帰った後も、淵明はこのあたりの風景が気に入り楽しんだ。あばら屋のぐるりには樹木が植わっている。日の当たる南がわには、桃や李《すもも》が五、六本植わっている。季節になると、淡い紅や白い花びらをつけ、あたりにいい香りをただよわせる。花びらを見たり、香りをかいだりしていると、夢で誘われ連れて行かれたあの《別天地》を思いだした。実をつけた桃や李はおやつになり、子どもたちにも歓迎された。日の当たらない北がわには、楡《にれ》の木や柳が何本も植わっていた。楡も柳も風よけで、長く手を入れていないので、高く伸び横にも広がっていた。これらの樹木にはしょっちゅう鳥たちがやって来て、朝な夕なさわやかな声でさえずっている。淵明はその声が大好きで、濁酒をやりながら聴き入っていた。

夕がた遠く目をやると、遥かかなた何軒かの家がぼんやりと見える。普段ははっきり見えるのだが、霞がかかっているらしい。さらに目を凝らして見ると、煙があがっている。晩支度の煙か、草焼きの煙か。煙のにおいが夕風に乗ってやって来る。のどかなこの風情は、田畑を耕す者でないとわかるまいと、淵明はひそかに思っている。耳をすますと、動物の鳴き声が聞こえてくる。よく聞くと犬と鶏。犬はどうも奥まった路地裏で吠えているようで、鶏は木のてっぺんで鳴いているようである。犬の吠え声といい、鶏の鳴き声といい、これまた心をおだやかにしてくれる。

こんな風景を眺めながら暮らしていると、

（あばら屋の広さがどうだとか、部屋の間取りがどうだとか、そんなことはどうでもいいことだ。あばら屋のぐるりにはごちゃごちゃした物がなく、部屋の中は何もなくがらんとしている。それが何よりだ。これ以上のぜいたくはあるまい）

と、淵明はつくづく思った。《自然》《わが主義》を貫き、古里に帰って来た判断は間違っていなかった、とみずからに言い聞かせた。

犬が吠え鶏が鳴く。この光景に接した淵明は、昔の人が心に描いていた話を思いだしていた。それは国は小さくし人は少なくして、互いが助けあう村社会の話であった。昔の人はこの社会を《小国寡民《しょうこくかみん》》と呼んでいた。

この国に住む民にはありとあらゆる便利な日用品は使わないようにさせた。命を大切にするためにこの国から出ないようにさせた。舟や車など便利な交通手段があっても使わないようにさせた。鎧《よろい》や刀など手っとり早い武器があっても持たないようにさせた。大昔のように縄を結んで文字とし、この国の食事はうまいとし、この国の衣服は美しいとし、この国の住居は落ち着くとし、この国の風俗は楽しいとさせたのだ。この国の鶏や犬の吠え声鳴き声が、よその国に聞こえるほど近くても、この国の人は死ぬまでここにおり、よその国に行かないようにさせたのだ。

犬が吠え鶏が鳴く風景は、淵明の住む柴桑にもあった。ならば柴桑と《小国寡民》とは同じではないか。またあばら屋に植わっている桃の風景は、《別天地》にたどり着くまでにもあった。ならば柴桑はあの《別天地》とも同じではないか。そう思った淵明はいよいよますます古里柴桑が気に入り理想の地だと思った。しかし、この柴桑は人間の欲を断ちきって足るを知ることのできる所なのか、外部との関係を完全に断ちきることのできる所なのか、自給自足の暮らしができる所なのか。現実の柴桑を思うと、柴桑の暮らしは《小国寡民》《別天地》の暮らしとは雲泥の差がある。その現実にもどるのに時間はいらなかった。淵明は柴桑の風景を眺めながら、感慨にふけった。

長江の南は北に比べると、気候は温暖で、風景は豊富であった。淵明の耳や目を楽しませる柴桑の風景は、四季それぞれにあった。春は万物が芽を吹き生き生きする季節、夏は万物が発育成長し燃え盛る季節、秋は万物が衰えはじめしぼむ季節、冬は万物が静かに息をひそめる季節。淵明はどの季節の風景も好きだったが、特に春と秋は好きだった。万物が生まれでる春は喜びが大きいが、反面生まれでる苦しみもある。淵明は春のこの喜びと苦しみに心動かされ、好きであった。万物が枯れかかる秋は寂しいが、反面耐え忍ぶ強さもある。淵明はこの寂しさと強さに心動かされ、好きであった。それゆえにもの思うことも多かった。

柴桑の孟春《もうしゅん》一月の新春は草木が芽吹きはじめ、鳥がさえずり、恵みの風が吹いてくる。農夫にとっての新春は、田畑から少しでも多くの収穫を上げるために、準備をしなくてはならない大事な季節だった。朝早く星を戴きながら幌《ほろ》つきの車に鍬《くわ》や鎌《かま》を積み、汗をかきながら車を引っぱり畑へと急いで行く。車一台通れるほどの小径を急ぐ。春まだ早くあたりは薄暗いのに、鳥がさえずっている。肌寒いせいか、その声はもうひとつ。だが年の改まったのは感知できるのか、気分よさそうである。春が来たのを喜ぶ子どものように、新しい季節の到来を喜んでいるようである。小径の両がわの竹林がわずかに揺れている。少し風があるようだ。風がさっと小径を横ぎった瞬間、汗ばんだ肌に心地よかった。春のそよ風は人にも田畑にも、ありがたい恵みを施してくれる。この春風の恵みで今年は豊作かもしれない。小径はしっとり濡れており、車を引くのに余分の力がいる。しかも竹林が小径の方へ伸びてきて、草の茂った小径をおおっている。引いても引いても車はなかなか進まない。力をふりしぼり励まし畑へ行かないと、一粒でも多い収穫を得ることができない。ありがたいことに朝早いこともあってか、人の姿がほとんど見えないことだ。お蔭で車とすれ違うことがない。それはそれでありがたいのだが、見えないことで畑までの道を遠く感じもする。

畑に着いた淵明は、収穫を期待して一人黙々と耕す。土の中には虫が眠っている。蚯蚓《みみず》も土竜《もぐら》もいる。蚯蚓も土竜も淵明の友である。鳥もあちこちで鳴いている。さわやかな風が心地よい。耕す仕事は楽ではない。収穫のほどもわからない。なのに黙々と耕す。疲れると手を休め、遠く近くの景色を眺める。景色を眺めていると、収穫のことも疲れも忘れ、自然に顔がやわらぐ。景色を眺めながらの畑仕事。淵明はこうした日々の暮らしに喜びを感じ、ありがたいとも思った。淵明は柴桑の風景が大好きで、浸りきっていた。

五十になった淵明は、田畑の仕事の合間に斜川《しゃせん》に遊んだ。斜川は小さな渓谷がある風光明媚な地であった。淵明の家とは遠く離れ、日帰りできる距離ではなかった。柴桑の風景と異なる斜川の風景は、印象に残り生涯忘れることができなかった。

斜川に遊んだのは新春の正月。肌寒くはあるが、空には雲ひとつない晴天。風景は二つとない天下一品。やって来たのは気心の知れている仲間合わせて四人。仲間の三人が孔子の言葉の「五十にして天命を知る」を思いだし、その祝いに連れて来てくれたのだ。

仲間の毛雅《もうが》さんが淵明に短く教えた。

「この渓谷の水は北に向かって流れ、いったん落星湖《らくせいこ》という湖に落ち、そこからさらに北に流れて、長江に注ぎこむのです。また城が幾重にも重なったような曽城山《そうじょうざん》もあります」

淵明は早速、長江に注ぎこむという渓谷を前にした。渓谷には色とりどりの鯉《こい》が水面近くで、射しこむ夕日に美しい鱗を躍らせ、群れをなし気持ちよさそうに泳いでいる。また純白の鷗《かもめ》が柔らかな風に乗り、翼を大きく広げたり裏返したりして、三々五々気持ちよさそうに飛んでいる。のどかでのんびりした光景にしばし見入っていた。柴桑では見たこともない、浮き世ばなれしたこの光景に淵明は感動した。

光景に見入りながら、淵明はかつて読んだ鯉と鷗の話を思いだしていた。

鯉の話は継母に孝を尽くす話だった。真冬に継母が魚を食べたいと言いだし、継子に捕って来るよう言いつけた。言いつけられた継子は、海にも川にも行ったが、氷が張り捕ることができない。継母だって親に違いはない。孝を尽くさねばと思った。そう思った継子は毎朝冷たい風の吹くなか、岸辺で探していた。するとある朝、突然氷が割れて小さな穴があき、鯉が二匹出てきた。継子はその鯉を持って帰り、継母にさしあげた。この話を聞いた人たちは、孝行が神を感動させたのだと思ったという。

鷗の話は少年が鷗と遊ぶ話である。海辺近くに鷗が大好きな少年がいた。少年は毎朝毎晩、海辺に行って鷗と遊んでいた。餌をやるわけでもない。少年の姿を見つけると、鷗がつぎつぎにやってくる。日が経つにつれてどんどんどん増えた。数えきれないほどである。少年が近寄っても逃げるどころか、少年の頭や肩にとまったり、顔や手足をつついたりした。

そんな折、父親が、

「お前は鷗と遊んでいるそうだが、わしの遊び道具にしたい。二、三羽捕まえて来い」と、言いつけた。あくる朝、少年が海辺に行ったところ、鷗は一羽も近寄らなかった。この話を聞いた人たちは、鷗は欲を持つ人間と、持たぬ人間が区別できるのだと思ったという。

鯉と鷗の話を思いだしながら、孝を尽くす前に死んでしまった母が鯉に重なり、何の欲もなく死んでしまった父が鷗に重なり、淵明は悲しくつらかった。

淵明は気をとりもどし、一緒に来た仲間が城が幾重にも重なったようなという曽城山を眺めた。曽城山を眺めていると、淵明のあばら屋の北がわにそびえる廬山《ろざん》連峰がすぐに浮かんだ。廬山連峰は昔昔のその大昔から知られた名山。名山であるがゆえに、却って感慨が乏しくなるきらいがある。目の前にそびえ立つ曽城山は、周囲の山々より断然群を抜き、まさに秀逸である。曽城山を仰いで廬山連峰を思い浮かべてはならず、あの霊山崑崙山《こんろんざん》を思い浮かべるべきだと思った。崑崙山は国の西のはてにあり、標高は一万仞。山には五色の雲がたなびき、五色の水が流れ、甘い水の泉、花の咲く池、さまざまな美玉、五かかえもある大木、紅色の草、三千年に一度実がなる桃などがある。また城や楼閣や門があり、そこに女仙人の西王母《せいおうぼ》が座っている。西王母は顔は人間、髪はざんばら、爪と歯は虎、尾は豹、よくうなる。

半人半獣のこの女仙人が崑崙山の支配者だという。

曽城山に匹敵するのは崑崙山、と淵明は改めて思った。崑崙山に匹敵する曽城山に向きあっていると、淵明は自分が仙人になった気分になり、いつまでも飽きることはなかった。

五十にしてはじめて斜川に来た淵明は、耳や目を楽しませてくれる風景に感謝した。柴桑では経験できない風景、それも夕暮れの風景を見つめながら、車座になり銘々がさげて来た濁酒を筵の上に並べた。淵明は杯を傾けるほどに気分が高潮し、これまでの五十年、これから先の何年かに、思いをめぐらしていた。

(自然には人間は及ばぬ)

昔から多くの人が言い、考えていたことだが、淵明も斜川の風景を眺め、そう思わずにはいられなかった。

(先のことは何ひとつわからない。こうして飲めるかどうかもわからない。いわんや明日の命があるかどうかもわからない)

われを忘れるほどの酒になった。すると仲間の朱玄《しゅげん》さんがしっかりした声で、

「まずは今日を楽しむことにしませんか。明日は明日の風が吹くでしょう。風まかせの人生。これもいいではありませんか」

と、言った。淵明はなるほどと思いながら、うなずいて聴いていた。
渓谷に落ちていた大き目の木切れを拾い、それに四人の名を刻んで帰って来た。

淵明は春が大好きだった。仲春《ちゅうしゅん》二月の春分は昼と夜の長さが同じになり、暮らしには好都合であった。田畑の仕事もちょっと暇になり、あばら屋のいたんだ所を直したり、鍬や鎌などを整えたりした。春らしい雨がしとしとしとしと降り、冬の間しぼんでいたあらゆる生命をよみがえらせた。草木は芽を吹き枝葉を伸ばし、いかにも気持ちよさそうである。東の空の向こうで雷がごろごろごろごろ鳴り、冬も終わったのだと実感する。雷の音を聞いて冬ごもりの虫たちは、土の中でびっくり仰天し、春が来たのだと眼を覚ます。野では桃や李や杏《あんず》や菜の花がようやく咲きはじめ、山では鶯が鳴く練習をはじめ、春の気分を盛りあげてくれる。空を見ると雁が北へ去った後、南からやって来た燕が餌を探して飛び交い、夫婦とおぼしき番《つが》いがあばら屋にやって来る。巣は去年のが残っており、そこに棲みつき子育ての準備をする。

何とものどかな春の景色に誘われ、ぶらぶらと子どもらを連れよく外へ出た。子どもらも喜んでくれた。田畑の仕事がやや暇なこの季節はのんびりでき大好きだった。とはいえ田畑を忘れることはなかった。

―田んぼでの稲作りに、稲のもみを選び、鍬や鎌を整え、切れのいい鋤《すき》で耕し、もみをたくさん蒔《ま》く。大きくまっすぐ育つように。

―田んぼでは苗が育ち穂が出て実がなる。農事の神様が雑草を抜き取り、害虫を火に投じてくださる。後は収穫を待つばかり。

―恵みの雲がわき雨が降り、収穫が山ほどある。田んぼには余った稲や落ち穂がいっぱい。これは未亡人のものになる。

―天子様が見え、大きな福をくださった神様に牛や羊や豚を供え、収穫の感謝祭をなさる。村をあげて老若男女集まり感謝する。

こんな暮らしができたら、と思いを遠く昔にはせていた。


時が移って仲夏《ちゅうか》の五月の夏至は昼が最も長く、暑さには耐えられなかった。昼間が長いだけ田畑で仕事をする時間も長くなり、暑さにも耐えなくてはならない。暑さも忍耐の限度を超え、何もかもくたびれ、生気を失ってしまう。田畑の稲や野菜、あばら屋のぐるりの樹木だけではない。淵明自身もくたびれ、生気を失ってしまう。暑さをよけるために木蔭に入ってみるものの、流れる汗は止まることなく、幹や枝にへばりついてわんわんわんわん鳴く蝉の声で、暑さがいっそう強く感じられる。この季節は好きではなかった。春以来、精魂こめて育ててきた稲や野菜。収穫はどれほどか。それを思うと、居ても立ってもいられなかった。何とかせねばと思うのだが、何もできない。たった一人で毎日、ふさぎこんでいる。こんな季節はうんざりし嫌いだった。

時に暑さを忘れさせてくれることもあった。朝起きてみると、南の方からやさしいそよ風が、すうっと吹いている。その風が着ているぼろ着のすそをひらひらさせ、首のあたりをなでてくれる。何とも心地よい。

「南から吹いてくるそよ風は、夏の物を育てる恵みの雨」

と、昔の人は言っている。淵明はそれを信じ、少しでも多い収穫を祈った。空に目をやると、黒々した雲が日をおおっており、そのうち雨が静かにぽつりぽつりと落ちてきた。西がわの畑に目を移すと、紫色の花をつけた葵《あおい》がゆっくりと恵みの雨を受け、生気を取りもどそうとしている。それもつかの間のことで、雨がやみ暑くなると元の木阿弥《もくあみ》、生気を失うに違いない。

こんな夏を過ごしている時、淵明は桃の花に誘われて夢に見たあの《別天地》に行きたくなったし、太古の大昔の堯《ぎょう》という聖人の世に行きたいとも思った。堯は自分の治世を確認しようと、国を回っていたところ、道端で口いっぱい飯をほおばり、飯でふくらんだ腹を鼓《つづみ》のように打ち、足で地面を踏み鳴らし、拍子をとりながら、

「わしらはお日さまが昇ると田へ出て働き、お日さまが沈むと家に帰って寝る。水がほしくなりゃー井戸を掘るし、飯が食いたくなりゃー田を耕すだけさ。天子様のお蔭なんて…」

と、歌っている一人の老人に出あった。堯の世は老人がその恵みに気づかないほど安定し、衣食住すべてこと欠くことはなく、天下泰平の世だったのだ。淵明は収穫を前にこんなことを考える日が多かった。

仲秋《ちゅうしゅう》八月、季秋《きしゅう》九月は、きりっとひきしまった季節である。天は高く澄みわたり、目に映る風景も人をきりっとさせる。地面には霜や露が降り、人や草木をひきしめる。寒々とした大気が山や沼をおおい、あてどのない雲は風に流され、ふわふわしている。風は強く冷たく吹くこともあり、ゆっくり涼しく吹くこともある。冷たい雨はしょぼしょぼ降り、収穫のじゃまをする。空を飛ぶ鳥たちを見ると、雁が北からやって来ており、燕が南へ帰って行きつつあり、そして鳥たちは冬に備えて、餌を食べ尽くさず、ねぐらに蓄えている。淵明は季節に応じて居場所を変えたり、餌のことを考える鳥たちを見て、わが身を顧みる。視線を下げると、なだらかな丘の向こうに山がひとつ、澄みきった天に届けとばかりそびえ立って

いる。絶景である。ひぐらしが命あるかなきかの声で鳴いている。冬ごもりの虫たちは土の中にもぐりこむ。草木の葉が落ちると、木を切って炭を作り、冬に備える。

この季節は収穫の時期で、春以来の苦労が報われた淵明は、心はずませ田んぼへ急ぐ。いっときも早く収穫したいと、はやる思いが風景描写に現れる。

—幌つきの車に乗り、奥深く谷川にそって進む
—一艘の舟に乗り、凸凹道や丘を通って行く
—露は冷たく秋の風は絶え、気は清く天空は澄んでいる
—波静かな湖に棹をさし、清らかな谷間にそって行く
—草木が茂る山の中で、猿がのんびり鳴いている
—秋の風は静かな夜を喜び、林の鳥は夜が明けるのを喜ぶ

田畑の仕事の最終目標は、一粒でも多い収穫を得ることにある。そのために農家は苦労するのだ。淵明も何年も何年も田畑の仕事をやってきたが、何年やっても満足ということはなかった。手を抜かず耕し、種を撒き、肥やしをやり、水を入れ、草を引き、虫を捕った。しかし、思うほどの収穫が得られない。それは淵明が日に夜を継いで働きとおし、種を撒くべ

き時には撒き、水をやるべき時にはやり、肥やしをやるべき時にはやっても、思うほどの収穫は得られないのだ。淵明の力ではどうにもならぬことが生じるからだ。種撒きから収穫まで、稲には稲の、麦には麦の、豆には豆の生育に、自然の恵みがなくてはならぬのだ。自然の恵み――日、月、星、風、雨、雪、霜、露、霧などなど。これらの恵みは植える種や育つ時期により、それぞれみな違う。だからやっかいなのだ。さらにやっかいなのはこれらの自然が、稲や麦や豆などの生育をじゃまし、害することもあるからだ。自然は恵みにもなり害にもなる。どちらに傾くかは自然の意志次第。人の力ではどうにもならぬ。淵明は柴桑の自然に身をおき、柴桑の風景を見ながら、自然が農家を裏ぎらぬよう一年中祈っていた。

秋の風物として淵明は特に、松と菊を好んだ。淵明の住む正面の小高い岩山の天辺に青い松が一本ある。霜にも露にも負けず、岩をこじあけすっくと立っている。これもまた絶景である。一本松こそ松だと思っていた。

「寒くなれば草木はみなしおれるが、松と柏は青々している」

と、言ったのは孔子だが、淵明に異論はなかった。岩山の一本松は淵明自身の孤高を表すものでもあった。菊はあばら屋の東がわの垣根の所や裏の楡・柳が植わっている所など、あちこちにあった。咲き乱れる菊の花びらは、白、赤、黄など色さまざまあり、それらが一面にいい香りをただよわせている。

秋と言えば九月九日の重陽節《ちょうようせつ》。この日は邪気を祓うという茱萸《しゅゆ》の実のついた枝を頭にさして、家族総出で近くの小高い山に登り、頂上で菊の花びらを浮かべた菊花酒を飲む、という三つの事を行う風習があった。かつて古老がこれに因んだ話をしたことがある。

「あのなあ、今から三百年も前のこと、桓景《かんけい》という若者が費長房《ひちょうぼう》という占い師に誘われ、都へ修業に行ったそうな。半年くらい経ったころ、費長房が〈お前の家を占ったところ、九月九日の日、お前の家族は全員死ぬと出たぞ。これを避けるには、一家全員、赤い布袋の中にいっぱい茱萸を入れて肘《ひじ》にかけ、それを持って小高い山に登り、頂上で菊の花びらを浮かべた酒を飲むがいい〉と桓景に言ったとか。実家に帰った桓景は当日費長房が言ったとおりの事をしたそうな。夕がた山から帰って見ると、飼っていた犬、鶏、牛、羊などの家畜が残らず死んでいたげな。都へもどって桓景に報告すると、〈家畜がみんなの身代わりになったんだ〉と言ったとか」

九月九日は酒に菊の花びらを浮かべた菊花酒を飲み、邪気を祓い、長寿を祈る日なのである。

五十を越えていた淵明は、五人の息子たちへこっそり手紙を書いた。体内の虫が、「死期が来よるぞ。覚悟はいいか」と、ささやくのだ。遺言のつもりで書いた。そこにはこんなことが書かれていた。

「孔子の高弟がこう言っている。〈富貴か貧賤かは運命次第、長寿か短命かも天命次第〉と。貧富、寿命は人間の努力ではどうにもならぬそうだ。わしもいずれ死ぬ。お前たちも死ぬ。わしは貧乏、お前たちも貧乏。これは運命、天命なんだ。努力ではどうにもならぬと言うが、寿命はさておき貧乏は何とかしようとした。わしなりに東奔西走したが、何ともならなかった。《わが主義》を貫いたからだ」

「《わが主義》をひと言で言えば《自然》。わかりやすく言うと、〈樹木が枝を張り重なりあって日蔭を作り、季節季節の鳥が季節に応じて鳴く〉。それなのだ。以前こんなことを書いたことがある。〈仲夏の五、六月ごろ北がわの窓辺に寄りかかり、涼しい風がすうっと吹き過ぎる瞬間、天地創造の神、国造りの神である伏義《ふくぎ》の世の人となる〉と。わしは思慮も分別もないが、この思いは持ち続けようと思う」

「時は経つばかりで、たくらみとは縁がなく、伏義の世を遠く慕うが、どうにもしようがない。脚気、熱病を患ってからというもの、体はいうことを聞かなくなった。薬を手に入れる銭はないが、身内や知人が心配し送ってくれた。天からもらった寿命はぼちぼちなくなるのでは、とびくびくしておる」
「お前たちは腹違いの子だが、〈四海皆な兄弟〉と孔子の高弟が言ったではないか。本をひろげると他人でも兄弟同然の例はたくさんある。〈高い山は仰ぎ慕われる、立派な行為は範となる〉とか。こうはならずとも、何とかこれに近づくように」

こんな手紙を書いているころ、重陽節がやってきた。胸の中にはもやもやがあり、淵明は人並みに三つの風習をやってみようかと思った。酒さえあれば他はなくていい。なくてもいい菊は家の周りに捨てるほどある。なのになんと肝腎の酒が一滴もない。腹だたしさを超え、しらけきった。止めようとも思ったが、それも癪なのでやることにした。息子らを連れず一人で、菊だけさげて登った。

とぼとぼとぼとぼ山に登る周囲の風景は、秋も終わりに近く、風が吹き露が降り冷え冷えしている。目に映る草はしぼんで花の気配はまったくなく、樹木の葉は露や霜にやられて枯れかかっている。澄みきった大気は空中のごみを呑みこみ、大空はくっきりとはてしなく広がっている。ひぐらしが小枝で悲しげに細々と鳴いており、南へ去って行った燕の姿は見えないが、群れをなし飛んでいる雁が雲間で鳴いている。

晩秋の風景を眺めながら頂上にやっとたどり着いた淵明は、無性にわびしく悲しくなった。

一滴の酒もないのが拍車をかけた。切り株に無造作に腰を下ろし、周りの人たちを見た。みな家族を連れ、茱萸をさし、菊と酒を持っている。淵明は持ってきた菊の花びらをむしゃむしゃかじった。かじるほどにわが身の情けなさを思い知らされ、口をついて出るのは愚痴ばかり。改めて風景を眺めた淵明は、人の命に思いが及んだ。

「草も樹木も空も鳥もみな姿形を変え、秋になればまた姿形を変える。人はといえばだれもみな死ぬ。長く生きたく思っても、その思いはとおらぬ。死なない者はいない。胸底は煮えくり返る。どうすればいい。そうだ。今日のこの日は、長生きを祈る日ではないか。長生きをするには酒がいる。百薬の長というではないか。なのに一滴もない。これでは長生きできぬ。あばら屋の主よ。お前の人生はおかしくないか。菊だけ空しく咲いて、肝腎の酒は一滴もないのだぞ。酒がなくてはならぬこの日、素面でこんなことを考えるなんてあほらしくないか。気持ちは沈むばかりじゃ」

家に帰っても淵明の気は晴れず、悶々としていた。そのうち淵明とのつきあいを望んでいた役人が淵明のようすを聞き知り、勝手に白い着物を来た使い走りに酒を持たせた。淵明はひとまず感謝し早速に菊を摘み取り、恵んでもらった酒に浮かべ、ここぞとばかり浴びるほど飲んだ。浴びるほど飲んだ菊花酒が、長生きさせてくれるかどうか、淵明は考えることはしなかった。
　淵明は一日の時間で一番気に入ったのは夕暮れであった。夕暮れは明るさと暗さが渾然とした時間で、労働から休息に入る時間である。淵明にはこの夕暮れが最も心がくつろぎ、心休まる時間であった。夕暮れのこの時間、廬山をながめると、二倍も三倍もくつろげた。加えてそこをねぐらとする鳥を見ていると、くつろぎはさらにさらに増した。夕暮れねぐらに帰る鳥。この光景に向かきあうと、恍惚状態にさえなった。心中に鬱積するもやもやは、この光景で解消された。

　淵明の心のより所となる廬山は、淵明の家の北がわにそびえる九十九からなる連峰で、周囲二千五十里、東南三十二里、最高峰の漢陽峰《かんようほう》は七百五十丈、千余仞の絶壁から流れ落ちる滝。五老峰《ごろうほう》、香炉峰《こうろほう》、遺愛寺《いあいじ》、東林寺《とうりんじ》もある。昔昔のその大昔から存在する歴史ある霊山で、仙人も僧侶も住んでいる侵すことのできない神聖な山として仰ぎ慕われていた。
―尋陽に廬山という山があり、彭蠡湖《ほうれいこ》の西にどっかりと構えている
―高く険しくそびえ立ち、日の光は輝きをさえぎられる
―奥深い谷川は澄みきって深く、百ひろの底まで清らかである

—険しいうえにさらに険しく、人が尋ねて遊ぶ所ではない
—はてしなく奥深くて、常に霞を包み気を貯えている
—神聖な区域で、間違いなく仙人たちの庭園である
—美しい霞が林にかかり、夕日が山に照り映えている
—見ると僧侶が一人、法衣を着てぽつんと巌の中にいる
—にわかに裳《もすそ》をはたき杖をふり動かし、崖を越えまっすぐ上っていく
—夕焼け空をおしわけ軽く挙がり、九十九折りから一気にめざす
—白い雲に乗ったからには、仙人の住む都は決して遠くはない
—あたりを眺め尽くすと青々とし、ほの暗いうちに姿をくらました

目の前に神々しくそびえる廬山に向きあっていると、廬山にねぐらを構える鳥たちが帰ってくるのが見える。見ているとねぐらに帰ってくる時間がまちまちなのに気づいた。淵明はその光景を見て感慨にふける。

—朝ねぐらを出た鳥が夕暮れねぐらに帰って来た、帰って来るや西の空から夕日の光が消えた

この鳥の習性は、朝家を出て田畑で働き、夕暮れ家に帰って来る淵明の暮らしと似ているようだ。

—雲は心を虚無にしてほら穴から出ていき、鳥は飛び疲れるとねぐらへ帰ることをわきまえている

—日の光はほの暗くかげって西に沈みかかり、一本松を手でさするとその場が立ち去りがたい

飛び疲れるとねぐらへ帰って来る鳥。この鳥は田畑で疲れはてた淵明であろうか。淵明は疲れはて田畑のそばにある松、それとも家に帰る途中の松、あるいは帰って来て家のそばに植わっている松。その松をいつまでもさすりながら独り思うのである。

—夕暮れどき遠くから風が吹き、冬の雲は西の山に消えてしまった

—冷たくきびしい大気を押しきって、入り乱れて鳥たちが帰って来た

冬の寒さをものともしないこの鳥は、世の風評に堪え、《わが主義》を貫く淵明の分身であろうか。

—日が沈むとあらゆる物は動きを止めて休み、鳥たちはねぐらへ向かい鳴きながら帰って行く

—東の軒先でくつろぎこの風景を見ていると、とりあえずまあこの人生に満足することにしたい

万物が活動し休息する。それにたがわぬ鳥。淵明はその鳥に自分の人生を重ねているのか。

—あばら屋の東がわの垣根あたりで菊を摘み取り、ゆったりした思いでゆったりした廬山を眺めやる

—廬山の雰囲気はうす暗い夕暮れが美しく、空飛ぶ鳥は群れをなしてねぐらへ帰って行く

—この風景の中にこそ真意が存在するのだ、真意を説明しようと思ったが会得したので言葉を忘れた

淵明はこの風景の中に真意が存在すると言い、その真意は会得するもので、言葉で説明できるものではないとも言う。この真意は実は得体がつかめぬという《自然》なのではないか。

以上の鳥は夕暮れねぐらへ帰って来る鳥だが、夕暮れ以外の時間に帰って来る鳥がいる。

夕暮れにならないのに帰って来る鳥、夕暮れになっても帰って来ない鳥である。
—早朝の霞とともに昨夜来の霧が晴れると、鳥は群れをなしねぐらを飛び立つ
—遅れてねぐらを出た一羽の鳥は、夕暮れにならないのに帰って来る
この鳥はねぐらを出るのも、ねぐらへ帰るのも、他とは違うはぐれ鳥である。働きの悪いこの鳥は体に異変があるか、心に異状があるかであろう。

—群れからはずれた鳥が忙しげに、夕暮れになっても独り飛び続けている
—羽を休めるねぐらもなくさまよい、夜な夜な悲しい声をあげ鳴いている
—鋭い叫びは清く遠い地に思いをはせ、その地を慕いながらぶらついている
—一本松にばったりと出あったので、そこをねぐらとし落ち着くことにした
—強風の所には木に花は咲かないが、一本松のこのお助けはありがたい
—身を寄せるねぐらを得ることができ、この判断に決して誤りはない
このはぐれ鳥は淵明の分身か。体よりも心に悩みをかかえているようである。清く遠い地、一本松は《自然》《わが主義》を貫くことのできる所であろうし、強風の所は俗世間であろう。

夕暮れ廬山のねぐらへ帰る鳥。夕暮れ前に廬山のねぐらへ帰る鳥。夕暮れになっても廬山のねぐらへ帰らぬ鳥。鳥たちの行動は一様ではない。それを見て淵明は、人間の行動も一様ではない。そう思ったであろう。自分はいったいこれらの鳥のどれなのか。どの鳥も自分かもしれない。これら一連の鳥はおそらく淵明の心象風景であろう。

淵明の生まれた柴桑の風景は、春は春で夏は夏で、秋は秋で冬は冬で、朝は朝で昼は昼で夕は夕で、楽しませてくれた。とりわけ北にそびえる廬山の風景は格別であった。楽しい風景は淵明の憂いや悩みを忘れさせ、解消してくれる特効薬にもなった。淵明は大好きな柴桑の風景を眺めながら感慨にふけり、深く深く感謝した。

# 思想——《道》を求めて

「自転車が動くのはなぜか、わかるか」

「人がペダルを足で踏むからですよ」

「足で踏むだけでは動かないのだ。車輪にはスポークが何本もあり、スポークが集まる中心の所には穴がある。この穴に車軸をとおし、足で回すからそれで車輪が回り自転車は動くのだ。何もない穴があるから、自転車が自転車の用をなすのだ。無とか空とかは役に立たないようだが、ちゃんと役に立っているのだ」

淵明《えんめい》はこんな話が大好きだった。なるほどなあ、そうかと素直に喜び、表情がゆるんだ。

「北極に、鯨どころではない全長も体重もだれ一人知らない巨大な魚がいたげな。名は鯤《こん》というそうな。その鯤が北極の寒風、大波にもまれ、なんと巨大な鳥に変身したのじゃ。名は鵬《ほう》というそうな。鳥だが普段は海底におるんじゃ。この巨大な鵬がいったん急あって南極へ飛び立つときは、満身の力をふりしぼって海底から姿を現すんじゃが、海面に出たとたん余波が三千里かなたまでどよめき、九万里かなたの南極へ一気に飛翔するそうな。その翼は空のはてまで一面に広がった雲のようじゃったとか」

こんな話も大好きで、悦に入りしたり顔になった。

南方に住む儵《しゅく》さんと北方に住む忽《こつ》さんは、中央に渾沌《こんとん》さんという者が住んでいると聞き、どんな人なのか会いたくなり、訪ねてみることにした。えっちらおっちら何日もかけてやって来た儵さんと忽さんを見て、渾沌さんはうれしそうな顔をして、

「これはこれは遠方からよくぞ来られました。お疲れでしょう。しばらく滞在なさるがいい。何もないが、心ばかりのおもてなしをさせていただきましょう」

と、言い、山の幸、海の幸のご馳走をし、もてなした。初対面なのに毎日毎日のもてなしに感激した二人は、

「毎日が夢のようです。何かお礼をしたいと思うのですが、お望みは…」

と、聞いたところ、望むものはないということなので、

「渾沌様をみますと、あなた様には目も口も鼻も耳もありません。ご不自由のことに思います。お礼に目と口と鼻と耳をつけてさしあげましょう」

と、言った。

そこで、倏と忽は一日一つずつ目の穴をあけ、口の穴をあけ、鼻の穴をあけ、耳の穴をあけた。穴が全部あいたとたん渾沌は死んでしまった。

謎めいた話だが、こんな話を聞くと、わが意を得たりとばかり、にんまりした。

孔子の弟子で銭にはうるさい子貢《しこう》が、南の楚《そ》から北の晋《しん》へ帰る途中、地下水を汲みあげては甕《かめ》に入れ、それをくり返しくり返し田んぼに注いでいる老人を見た。労働のわりに効果が少ない。見かねた子貢が、

「はねつるべを使ったらどうです」

と、言うと、老人はちょっとむっとしたが、すぐに笑いながら言った。

「からくりを使うと、たくらみが生まれる。たくらみが生まれると、純白さを失ってしまう。純白さを失うと、霊妙な本性がなくなる。霊妙な本性をなくすと、道に見捨てられてしまう。わしははねつるべを知らぬではない。気がすすまないのだ」

こんな話は心にぴたりと適い、思わず膝を打ちうなった。

淵明はこんな話の載っている本が大好きで好んで読んだ。こんな話をするのは老子《ろうし》や荘子《そうし》

で、俗人が命をかけてほしがる名誉、地位、財産には目もくれず、これらを否定し拒否して俗外に身をおいた思想家である。世の人はその思想を道家《どうか》と呼んだ。道家思想の中心をなすのは無為、真、道、自然などの語で言われる。道を体得するには無知、無欲、虚静《きょせい》、恬淡《てんたん》、寂漠《せきばく》、素朴でなくてはならぬと言う。逆にいえば人為的な文明や文化は、差別や対立を生むので否定し拒否する。言い換えれば、からくり、たくらみを否定し拒否する。その意味で道家思想は否定の哲学とも言われるが、それは外部の評であって、当人たちはこれこそが人間本来の姿だと主張する。

一人の人間がみずからの思想を形づくる時、その要因となるのは世相、読書、環境である。道家にひかれる要因は淵明には充分とはいえなくても、それなりに整っていたといえよう。父の真《しん》は役人にならず、朝から晩まで田畑を耕す自然の人であり、自然を愛した人であった。また母福《ふく》の父の嘉《か》は酒好きで、酔いが回りいい気分になると、心を遥かかなたへ遊ばせる、自由きままな気風があった。生活環境としては実の父や母の父に多分に感化されたであろう。淵明の読書環境がどれほどだったか、その実態はつかみにくいとしても、淵明の詩や文をみると、本の量や質など自宅にあったかどうかは別にして、目にする機会が相当あったのではと推測される。読んで終わるのではなく、暗記したり書き写したりしたのではとも思われる。

それはともかく、道家の本を好んで読む淵明は、なりゆきとして道家思想に傾倒してゆき、ついには道家の唱える世界に入ってゆくことになる。そして道家思想が淵明の血となり肉となると、淵明はみずからの詩文に自分の言葉として使うことになる。

―仙人の住む天も酔いの境地と変わらず、天真の心境に浸っている

―伝説時代の聖人の世、その純真な世にだれも帰らぬ

―昔昔のその大昔、人がこの世にはじめて生まれた
―満ち足りて誇りを持ち、素朴と純真を備えていた
―たくらみが兆しだすと、暮らしの糧をなくした

―純真な思いは昔からあり、暮らしに拘束されたとは言わせぬ
―まあ時の移るのにまかせ、いずれわが志が全うできる所に行きたい

―役人を辞めて古里に帰り、宮仕えに束縛されたくない
―あばら屋で純真を養い育て、善と呼ばれる人間になろう

「真」の語は抽象的で解きがたいが、まじり気がない、いつわりでない、借りものでない、変わらないこととしておこう。熟語でいえば真正、純真、純朴、純粋、真実、本質。言い換えれば、他の影響や干渉を許さないことであろう。自由、自在と言い換えてもよかろう。

—疏広疏受《そこうそじゅ》は死んでしまったが、二人の道は今なお聞こえている

—時が過ぎ世俗のことに迷ったが、道に委ねれば迷いも解けよう

この「道」もまた抽象的だが、道とは天地万物の根源をなし、天地を天地たらしめ人間を人間たらしめる究極の真理としておこう。

—生まれながら内に宿る自然、それを曲げ向きを変えることはできぬ

—長く役人暮らしをしたが、ようやく自然に帰ることができた

—形と影に苦しみを述べさせ、神《しん》に自然とはなんたるかを説明させ、形と影の苦しみを解決してやることにした

「自然」の語も抽象的で解きがたいが、いっさいの人為的なものを取り除き、これ以上取り除くことのできない状態のこととしておこう。本来的にそうである、あるがままである、と言ってよかろう。

淵明がみずからの詩文に使わない「無為」の語は、真、道、自然と同じである。何もしないで手を拱いているのが無為ではない。人が本当になさねばならぬことは何か。それを追求するのが無為である。道家はそれを人為、人知、作為を否定して無知、無欲となることだとし、思いあがり、気負いを捨てて、天地自然の理に従うことだとする。

淵明は道家の本を読みあさり、無為、真、道、自然の世界にはまりこみ、ここに淵明の思想のひとつが確立されることになった。世俗を離れ、無為とか真とか、道とか自然とかを追求し、名誉とか地位とか財産とか、からくりとかたくらみを否定する道家思想の生きかたでは、裕福な暮らしはできず、必然的に貧乏な暮らしを強いられる。だが淵明はそうした思想にひかれていった。

淵明はある夜、人格高潔な人ばかり集めた本を読んだ。ある人物のところで立ちどまった。

字数にして五十二字の人物。それは張仲蔚《ちょうちゅううつ》といい、そこにはこうあった。

「張仲蔚は同郷の魏京卿《ぎきょうけい》と一緒に道家思想を学修し、世俗から身を隠し宮仕えしなかった。天文や博物に通じ、詩や文を作るのがうまかった。人の姿が見えないほどの草深い田舎に、門を閉ざしてつきあいは止め、たった一人ひっそり暮らしていた。本性を養うことに専念し、富貴はいっさい求めなかった。こんな張仲蔚を知る者はだれ一人いなかったが、劉龔《りゅうきょう》だけはその存在を知っていた」

　張仲蔚の生きかたを知った淵明は、こうつぶやいた。

「張仲蔚はなぜ一人こんな暮らしをしたのだろう。おそらく彼と同じ思いの者がいなかったからだろうし、人とのつきあいが下手だったからでもあろう。それは彼が道家の思想を学修したことと無関係ではあるまい。彼は人にどう見られようが、そんなことは眼中になかった。わが道を行く。わが信念を貫く。これしかなかった。人間としての真の楽しみは、富貴だろうが貧賤だろうが関係ない。荘子が言っているではないか。〈無為や真、道や自然を体得すれば楽しいのだ。富貴でも楽しいし、貧賤でも楽しいのだ〉と。異論はない。わしもそう思う。わしはまことに世渡り下手な男。よくよく承知している。なんかこの張仲蔚とは馬が合いそうだ。張仲蔚とならば死ぬまでつきあってもいいか」

　淵明はこんな人間に出あうと、胸がじーんとし、ついこんなことを考え、つぶやくのである。

ところで、淵明の詩や文には「楽しむ」の語がしばしば出てくる。楽しむとはいったいどんな境地を言うのであろうか。孔子の言葉に、

「知ることは好むことに及ばない。好むことは楽しむことに及ばない」

と、あり、知るよりも好むが勝り、好むよりも楽しむが勝る、と言う。これによると、境地としては三段階あり、知る→好む→楽しむの順で境地が高まることになる。昔の人は具体例としてご飯をあげる。知る段階は食べること。好む段階は食べて親しむこと。楽しむ段階は親しんで満ち足りること。一般化して、知るとは自分の外にある事柄や存在に気づくこと、好むとは外にある事柄や存在に特別な感情を抱くこと、楽しむとは事柄や存在が自分と一体となり、融合すること。と今の人は言っている。

淵明が張仲蔚の生きかたを読み、「人間としての真の楽しみ」と言ったのは、無為や真、道や自然と一体となることであった。道家の思想と一体となることは、淵明にとって最高の境地だったのである。

雨の降る午後、手持ちぶさたな淵明は本をひろげた。『列子《れっし》』という本。老子や荘子の本

に似ており、読みはじめてすぐ栄啓期《えいけいき》という人間が出てきた。孔子と同じ時代の人らしい。

孔子が泰山《たいざん》に出かけた。泰山は孔子が生まれた魯《ろ》の国にあり、大昔から有名な山である。途中で栄啓期という男に出あう。鹿の皮を身につけ、帯の代わりに縄をまき、いかにも貧乏な風体である。その男が歩き歩き琴を弾き、ぼそぼそ声で何かうたっている。孔子は、

（変わった男だ）

と、思い、聞いてみた。

「あなたの楽しいことは何です」

「楽しいことは三つある」

「三つとは」

「万物で最も貴いのは人間だ。人間に生まれたのが一番の楽しみ。二番目の楽しみは人間には男と女がいるが、女より貴い男に生まれたことだ。三つ目の楽しみは世の中には日の目も見ず死に、むつきのまま死ぬ者がいるのに、九十まで生きたことだ」

と、言い、やや間をおいてこう言った。

「貧は士にはつきもの。死は人にはつきもの。逃れられない貧と死。なにも恐れ憂うることはないではないか。生きることは楽しいことではないか」

淵明はこの世に人間として生まれ、しかも九十歳まで生きたという栄啓期の話を読み、栄

啓期を孔子の高弟の顔淵、それにやや後の楊王孫《ようおうそん》と並べ、こんな感想をもった。

「顔淵は孔子の主張した仁を実践し、栄啓期は老子の主張した道を体得した。顔淵は貧乏暮らしで四十一で死に、栄啓期も貧乏暮らしで九十で死んだ。顔淵も栄啓期も死後に名を残したが、その生涯は二人ともみすぼらしかった。しかし、死んでしまえば顔淵も栄啓期も同じ。みずからが満ち足りている。それが一番じゃないか。千金の体と称して養生しても、死んでしまえば千金の体も灰になる。楊王孫という男は遺言どおり、まる裸で葬られたとか。まる裸で葬るなんてと思うかも知れぬが、楊王孫の真意をわかってやるべきではないか。死んでしまえば体なんてどうでもいいのだ」

栄啓期の生きかたをとおして、淵明は自身の最大の課題である貧と死について、改めて考えさせられた。貧も死もみずから良しとすれば恐れることも憂うることもない。そう思うのは思うのだが、時が経つと恐れ憂えてしまう。貧と死とは死ぬまで淵明の頭から離れることはなかった。

泰山に通じる魯の郊外を歩き歩き栄啓期が弾いていた琴。栄啓期がそうであるように、琴は世俗と縁を切った連中の自己表現のひとつだった。昔から琴を楽しむのは隠者で、世俗と離れた山や林で弾く琴の音は、弾く人聴く人の身を洗い清め、心を遠く遊ばせ、極めがたい遥かな境地に誘った。淵明は琴にも興味関心を示した。

生前、淵明と親交があり、淵明の弔い文を書いた顔延之《がんえんし》は、

——「帰去来《ききょらい》」の詩を歌って古里に帰り、俗外に身をおき操を守った

——世俗を超越したからには、万事楽しく心は快適である

——水はなじみの山で汲み、屋根は自分の家の木でふく

——朝がたの霞に夕がたの靄《もや》、春の陽射しに秋の日蔭

——本を読んでは止め、酒を整えては琴を弾く

と、四十一歳で彭沢《ほうたく》の小役人を辞め、柴桑に帰った後の暮らしをこうふりかえる。酒を飲みながら弾くこの琴は絃が張ってないのだと、淵明の伝記を書いた蕭統《しょうとう》は言う。淵明は音階が苦手で音痴に近く、琴は飾りもなく絃も張ってない。一杯飲んでいい気分になるといつも、その琴を小わきにかかえて手先でもてあそび、その時々の気持ちを琴に託したとか。蕭統の言うとおりならば、淵明の琴は口三味線ならぬ、口琴だったということになり、たしなむ程度だったのかもしれない。しかし、それが淵明らしく、淵明にふさわしいではないか。淵明のころになると、仏教に関心を示す人たちも琴を弾くようになるが、琴の音は人を素朴で無為、淡泊で静寂な世界に誘ってくれたのであろう。

道家の思想にはまり、俗世間から遠ざかった淵明は、次第次第に未知の世界、空想の世界に入っていったのではと思われる。『山海経《せんがいきょう》』という本に手をだした。だれが、いつ、何のために書いたのかわからぬ、謎の多い本。空想によって書かれた地理書で、記述にはおのずと奇々怪々なことが多い。この本には絵図もあったらしく、淵明は絵図も見ている。淵明は絵図を見ながら本文を読み、『山海経』を読んだ感想文を十二も書いている。

『山海経』の北山経《ほくざんけい》にはこんな空想話がある。

「発鳩山《はっきゅうざん》の頂上には鳥がいる。形は鳥、頭には模様、白い嘴《くちばし》、赤い足。鳥の名は精衛《せいえい》。鳴く時は精衛、精衛と自分の名を言う。この鳥は実は炎帝《えんてい》の娘の女娃《じょあい》の化身だという。炎帝は伝説上の帝王。女娃は東の海へ旅し、その海で溺れ死んだ。炎帝の元に帰れない女娃は、恨みつらみを晴らすため精衛に化身し、西方の木や石を口にくわえ、溺れ死んだ東の海に投げこみ、溺れ死んだ海を埋め尽くそうとした」

女娃の化身精衛は、たぎる闘志といちずな執念に燃え、溺れ死んだ恨みつらみを晴らそうとする。

海外西経《かいがいせいけい》にはこんな空想話がある。

「刑天《けいてん》は黄帝《こうてい》と神の座を争い負けてしまった。刑天は黄帝に首を切られ、常羊山《じょうようざん》に葬られたが、刑天は自分の乳を目に変え、臍《へそ》を口に変え、首のない怪物と化した。そして殺された無念を晴らそうと盾と斧を手に持ち舞い続けた。この刑天の子孫が無首《むしゅ》の民として国を造った」

無念を晴らそうと怪物に化した刑天の、たぎる闘志といちずな執念は、女娃に劣るものではない。

淵明はこの二つの空想話を読み、こんな感想文を書いた。

「女娃は人間から鳥に姿形を変えたが、それを苦にする風はなかった。刑天は首も目も口もなくされ、二目と見られぬ怪物となったが、それを悔いるようすはなかった。女娃といい刑天といい、恨みつらみ、無念を晴らさんがためだったからだ。だが考えてみるがいい。仇を打つなんてことはそう簡単ではあるまいに。しかし、それでも女娃、刑天は身を落とし異物になっても、信念を果たそうとしたのだ。なんとすばらしいことではないか」

淵明がこんな空想話に手をだす意図はどこにあるのか。こんな空想話でないと淵明の胸中の思いが吐露できぬ何かがあったのではあるまいか。胸中の思いとは。二つの『山海経』の話から想像すると、淵明の命をかけるほどの重大事でなくてはならない。淵明にとっての重大事。数えればそれなりにある。家族のこと、貧乏なこと、生命のこと。最大の重大事ということになると、母国東晋《とうしん》の崩壊であろう。五十六歳のことであった。そうだとすると、母国を崩壊させた輩に復讐したい思いを遂げるために、みずから精衛に身を変え、怪物に身を落としたのではと思われる。しかし、淵明は「仇を打つなんてことはそう簡単ではあるまいに」と言う。その一方で、たぎる闘志といちずな執念は高く評価するのである。

世間離れしたこんな空想話に関心のある淵明は、みずから奇々怪々な話をたくさん作っている。その中にこんな話がある。

武将で鳴らした桓温《かんおん》のところへ、何の前ぶれもなく尼さんがやって来た。世話になりたいと言う。見ればなかなかのようすなので、鄭重にもてなし一緒に住むことにした。この尼さん、湯浴みの時間が何とも長い。気になる桓温はようすをうかがうと、その尼さん裸になり、刀を抜き腹を切り臓物を出し、頭を体と切り離しているではないか。桓温はびっくり仰天、腰を抜かし部屋にもどった。湯浴みを終えた尼さんの姿形はいつものまま。桓温はつつみ隠さず見たままを言い、そのわけを聞いた。すると尼さんは、

「反逆して天下を取ろうなんて画策すると、あんたの体はああなるのよ」

と、言うや、どこかへ姿をくらました。時あたかも天下取りを画策していた桓温は、これを聞いて反省し家来としての忠を尽くしたというが、最後は皇帝の首のすげかえに手を出し、殺されこそしなかったが、国を乱した輩として扱われた。

尼さんを登場させ、悪には悪の応報があると言わせるこの話は、いかにも仏教の因果応報話で、淵明は仏教に関心があったことをうかがわせる。

ところで、淵明の読書は若いころからはじめていた。世の名誉や地位に無関心な淵明が関心を示したのは、本と琴、読書と音楽であった。あばら屋に琴と本さえあれば何もなくていい。朝から晩まで琴や本に思いをゆだねて、弾いたり読んだりすると、気が晴れてくつろげ、心中の心配ごとも消えてなくなる。淵明にとっての読書は、思いをゆだねることができ、くつろぐことができ、心配ごとをなくすことができるものであった。一石二鳥、一石三鳥の効があった。

だれにもじゃまされず、あばら屋で一人静かに読みふける淵明は、すみずみまで掘り下げたり、深入りしたり、沈思黙考することはしなかった。本を開いてわが意を得て心にぴたり会えば、それで満足したし、それで良かった。熟読、精読ではなく、多読、乱読傾向の淡泊な読書である。心にぴたり会うと、食べることも忘れて没頭し、夢中になった。淵明はこうした自分の読みは、

「食べることを忘れるほど憤り、心配ごとを忘れるほど楽しんで、老いを迎えるのだ」

と、言った孔子に似ていると思った。

（食べることを忘れるほど没頭し、心配ごとを忘れるほど楽しんで、老いを迎えるのだ）

と、思ったのである。淵明は片時も本を手放すことがなかった。

心にぴたりと会えば、それで満足し、それで良しとする淵明。心にぴたりの一行、一句に出あうと、わが意を得たりとばかり、にんまり膝を打った。一行、一句を紙切れにひかえたり、即座に暗記したりして、生きかたの指針にし、詩や文を書くとき使いもした。


淵明の心にぴたりと会う本。それは道家の本だけではない。世に儒家《じゅか》といわれる孔子や孟《もう》子《し》の本も心にぴたりと会った。儒家の本も道家の本に負けないほど読んだ。

「食べることを忘れるほど憤り、心配ごとを忘れるほど楽しんで、老いを迎えるのだ」

と言うのは、孔子の言葉として淵明は記憶していた。


儒家の本としては、孔子の生前の行いや言葉を弟子たちが集めた『論語《ろんご》』、孔子の思想を受け継ぎ、人間は生まれながらにして善であるという性善説《せいぜんせつ》を唱えた『孟子』などがある。淵明の詩や文には自分で考えだした表現もあるが、『論語』や『孟子』から借りた表現が少なくない。

—冷たい冬の気は襟や袖に入り、箪《わりご》や瓢《ひさご》は空っぽで何もない下の句は「顔淵《がんえん》は賢いなあ。食べ物は箪ひとつ、飲み物は瓢ひとつ、小屋は路地裏。人々はこの暮らしを憂えるが、顔淵はこの暮らしを楽しんでいる。顔淵は賢いなあ」と言う孔子の言葉。淵明は箪と瓢の二字に孔子の言葉のすべてを含ませる。

—ああ死後の名声なんて、わしには浮煙のようなものだ

下の句は「食べる物は糠《ぬか》か野菜。飲む物は水。肘《ひじ》が枕代わり。こんな暮らしにこそおのずから楽しみはあるのだ。道にはずれて得た富貴は、余には浮雲のようなものだ」と言う孔子の言葉。孔子の「浮雲」を「浮煙」に言い換え、この二字に「わしは道にはずれた富貴はもちろん、道に合った富貴もあてにしない」ことを言うとともに、裏に「糠や野菜や水」という貧乏暮らしを楽しんでいることを含ませる。

—孔子が遺した教えがある、道を憂えて貧を憂えず

下の句は「君子たる者は道のことを考え、食のことは考えない。農業は食糧確保に大事だが、不作ということもある。学問は俸禄確保に不要だが、俸禄にあずかることもある。農業か学問か。それは人それぞれだが、君子たる者は道が体得できぬことを憂え、貧乏であることは憂えない」と言う孔子の言葉そのままである。

――しかるべき時に努め励むがよい、歳月は人を待たぬぞ

下の句は「日や月はどんどん逝き過ぎ、歳は自分をさしおき勝手に進む」と言う陽虎《ようこ》の言葉。陽虎は孔子の時の家老季氏《きし》の家来。国が乱れているのに正そうとしない孔子に、早く出ないと時期を失うぞと、陽虎が諭した言葉で、『論語』にある。

――朝に仁と義に生きることができたら、夕がたに死んでもいい

上の句の仁義は『論語』『孟子』にある。上の句と下の句は『論語』の「朝に道を聞いたら、夕がたに死んでもいい」と言う孔子の言葉。淵明は孔子の言う道を仁義の二字としたのであろう。

儒家思想の基本的な重要語は仁、義、礼、智、信とし、これを総合したのが「道」としておこう。これらの語は抽象的ではなはだわかりにくい。もどかしさが残りいらいらするが、いま別の漢字に置き換えておこう。

仁は『論語』に百数回使われるが、孔子はみずから仁についてはめったに口にしなかったと言う。逆に言えば仁は重大な問題で、簡単に解くことができない、ということであろう。

仁は人の字と二の字とからなり、この世にいるのは一人だけではない。二人、三人、いっぱ

いいる。人がいっぱいいると、人と人との関係が生じる。その人間関係を円滑にするためには、互いの立場を情の面から理解しあうことが必要となる。孔子はそれを仁と呼び、その仁を忠（まごころ）、恕《じょ》（思いやり）、愛（いつくしみ）、恭（つつしみ）、敬（うやまい）などの語で言い換え、骨を折らないと仁に達することはできないとも言う。

義は人間として守らなくてはならぬ正しいことで、正義、義務、道理と言い換えていいらしい。

礼は秩序、儀式、法則で、人間の文化的生活の基準となるもので、仁の表現手段のひとつのようだ。

智は人間をとことん知ることで、人間を善に教え導く知恵、知性のことらしい。

信は言葉が信頼できることで、信義、信用の語に置き換えられるようだ。

孟子はこの仁、義、礼、智についてこう言う。

「不幸な人を見たら助けたくなる思いはだれにもある。それが仁の芽生えなのだ。不善を恥じ不正を憎む気持ちはだれにもある。それが義の芽生えなのだ。遠慮して人に譲ろうという思いはだれにもある。それが礼の芽生えなのだ。是を是とし非を非とする気持ちはだれにもある。それが智の芽生えなのだ」

孔子は仁、義、礼、智、信をひっくくり、この五つの上に「道」を置いたようである。従って道は大きくは宇宙の法則、小さくは人間の法則と呼んでいいが、孔子の言う道は人間の法則のようである。別の語で言えば、道徳、道理、秩序、方法ということらしい。儒家の言う重要語は人間が人間としての人格を形成し、成立させる基本となるもののようである。この点で道家の言う「道」とは異なっている。

淵明の家庭はこうした儒家の思想に関心を示す環境だったのだろうか。父の真《しん》、祖父の茂《ぼう》の代はそんな環境ではなかった。母の福《ふく》は良妻賢母だったようだが、淵明に影響するほど儒家に関心があったとは思われない。曾祖父の侃《かん》は若いころは魚を捕って暮らしており、世に出たいと思っていたが、つてがなかった。そんな折、高級官吏に登用される資格を持つ同郷の男が、供の者と馬に乗ってやって来て数日泊まっていった。貧乏な侃の母は自分の長い髪の毛を売って米を買い、家の柱を切って薪とし、寝ている筵《むしろ》を刻んで馬の餌とし、手厚くもてなした。それが縁で侃はこの男の推薦を受け、世に出ることができたという。このころ世に出るには相応の人物の推薦を必要としたのである。侃はこれ以後、着々と出世階段をかけ上がり、武功をあげ武将として最高の任に着いた。東晋初期の三代皇帝を輔佐し、その功績は高く評価された。

漁師から武将になりあがった侃は、怨念でもあるのか道家の思想をとことんけなし、儒家の思想にとりつかれた筋金入りであった。こんな話が伝えられている。

侃は手土産を持って来た者には、

「この品はどこで手に入れたのか」

と、必ず問うた。働いて手に入れた物なら、どんな物でも喜んで受け取り、三倍の礼をした。手に入れた品が筋のとおらぬ物なら、どなりつけてつき返した。それで兵も民も農作業に励み、どの家も暮らしに困ることはなかった。


侃は生まれつきの働き者で、役所の仕事もてきぱき遺漏なく行い、道徳秩序を身につけ、応対もうやうやしく丁寧であった。そんな侃の口癖は懸命に働けと言うことだった。

「人間は勤勉でなくてはならぬ。伝説時代の堯《ぎょう》、舜《しゅん》、禹《う》は、孔子があがめた三大聖人だが、禹はなんと寸陰を惜しんで働いた。ましてわれら凡人は、分陰を惜しまねばならぬ。日々安楽無為に過ごしては、生きていても何の役にも立たず、死んでも何も遺さない。それでいいのか。まさに自暴自棄というべきではないか」

と、発破をかけた。


侃は部下を取り調べ、樗蒲《ちょぼ》（ばくちの一種）や博奕《ばくち》の道具を見つけると、地面にたたきつけて言った。

「樗蒲は道家思想の老子が野蛮な地で作ったもので、他国の遊びだ。囲碁は堯、舜が馬鹿息子の丹朱《たんしゅ》、商均《しょうきん》に教えた碌なものではない。博奕は酒池肉林の遊びにほうけ国を滅ぼした紂王《ちゅうおう》が作ったものだ。君たちのような大人物がどうしてそんなくだらぬ遊びに夢中になるのか。仕事の暇な時だからといって無益な遊びをせず、文士としてなぜ本を読まぬ。武士としてなぜ弓をひかぬ」

これを聞き、異を唱える者はいなかった。

侃は口角泡を飛ばし、老子、荘子の思想を激しく非難した。

「老子や荘子の言葉は表面は美麗だが中身は希薄。儒家の教えに基づく先祖代々の天子の言葉ではない。そんなものを行ってはならない。君子たる者は衣冠を整え、威儀を正すべきである。どうして礼を守らず髪をふり乱し、目立とうとするのか。それでよくも道に通じていると言えるものだ」

淵明が家庭環境として儒家の血を受け継いだとすれば、がちがちの儒家信奉者、儒家一直線、道家排斥者の侃であろう。しかし、淵明が生まれたのは侃が死んで三十二年後であった。

淵明は侃が徹底的に非難した道家に走ることになるのは、血としては父の真、母福の父の嘉を受け継いだということなのであろう。

淵明は先祖代々の系譜をさかのぼり、淵明の姓の陶を探した結果、伝説時代の堯の陶唐氏《とうとうし》にたどりついた。堯は孔子が儒家の祖と仰ぐ大聖人である。ある日堯が大昔からある華山《かざん》に行幸した時、国境を守る役人が、

「聖人なる堯様には長命で、財多く、男の子が多いようお祈り申します」

と、祝福したところ、堯は、

「男の子が多いと心配が多く、財が多いと事が多く、長命だと恥が多い」

と、言い、祝福を断った。

堯は儒家の祖であるが、道家も身に備えた帝王だったようである。

四十近くになった淵明は、これまでの人生をふりかえり、

「少年のころは世間とは没交渉で、孔子が教養人の必読書とした六つの古典を相手に遊んでいた」

と、言い、続けて、

「あれからなんだかんだあり、四十近くになった今も六つの古典を読んではいるが、食いぶちを稼ぐ元手にはならなかった」

と、ぼやく。四十近くと言えば母福の喪に服していたころで、何か仕事を探さねばと思っていたのであろう。

そうは言いながら淵明は、孝を尽くすことを忘れることはなかった。『論語』の中に、

「君子は根本となる事柄に努め励む。根本が成り立つと、道理、道徳は完成する。親に孝を尽くし兄に悌《てい》を尽くすことこそ、仁を行うことの根本ではないか」

と、ある。父の真は淵明八歳のとき死に、孝行らしいことはできなかったが、父の死後養い育ててくれた母福には孝を尽くそうと心に決めていた。

淵明が読んだ本の中にこんな話があった。

戦国時代のこと、ある国の王が家来に聞いた。

「儒家思想を修める者は親の喪に三年服すそうだが、君王の死と親の死とではどちらが重要なのか」

「親の方が重要に思います」

すると、王は頭にきてなじった。

「そうならば君王に仕えず、親に仕えるべきではないか」

「君王の土地がなければ、私の親の居る所はありません。君王の俸禄がなければ、私の親は養えません。君王の爵位がなければ、私の親は世に広められません。これらはすべて君王にいただき、親に捧げるのです。君王に仕えるということは、親のためなのです」

王はこれを聞き、顔を伏せひと言もなかった。


淵明はこんな話も読んだことがあった。

後漢《ごかん》の世のこと、毛義《もうぎ》という男がいた。この男は貧乏だが至って孝行者だった。評判を聞きつけた張奉《ちょうほう》という者が毛義に仕えようと腹を決め、何日もかけやっと毛義の家にたどり着いた。毛義に鄭重にあいさつし終えたところへ役人がやって来た。その役人が、

「貴公を地方長官にしたいとの上司の文書を持参いたしました。どうぞお受け取りくださいますように」

と、言い、その文書を手わたした。毛義は、

「忝ないことに思います」

と、うれしそうな笑いを顔に浮かべ、受け取った。もともと世俗に関心のない張奉は、こ

のようすを見てがっかりし、

（来るんではなかった）

と、思い、そそくさとその場を去った。

後になって毛義の母が死んだ。すると毛義はすぐに長官の職を辞めて喪に服し、孝行に専念した。役所からたびたびお声がかかったが、みな断り死ぬまで孝行をとおした。張奉はそのことを人づてに聞き、

「賢者の心中はまことに測りがたい。毛義が文書を見て喜んだのは、親のためだったのだ」

と、言い、自分の見通しの浅さを恥じた。

淵明が二十九歳から四十一歳の間、《自然》《わが主義》を殺して職に就いたのは、戦国時代のあの家来がそうしたように、後漢の世の毛義がそうしたように、すべて母福のためであった。

生前交流のあった顔延之は、淵明は貧乏ながら精一杯の孝行をしたと、孔子の言葉を引いて言う。

孔子の弟子の子路《しろ》が、

「貧乏、それは悲しいことです。貧乏ゆえに親の生存中も孝が尽くせず、死後も礼にかなった孝が尽くせません。貧乏って悲しいことです」

と、言うと、師の孔子が言った。

「豆を食べ水を飲む。そんな貧乏暮らしでも、親が喜ぶように尽くすのだ。これが孝というものじゃ。死者の体がまるごと入らぬ棺ならば、礼の定める前に葬り、棺を入れる外がわの棺がなければ、それはそれでいい。その家の財につり合っていればそれでいい。これが礼というものじゃ」

貧乏ゆえに世間並みの孝はできなかったが、淵明は淵明なりに孝を尽くしたのである。

母福が死ぬと淵明は、母を鄭重に葬り、儒家の礼に従い三年の喪に服し、斎戒沐浴《さいかいもくよく》もした。その態度は荘子が死んだ妻にとった態度とは違っていた。

荘子の妻が死んだ。論争相手の恵施《けいし》が弔問に来た。見ると主の荘子は両足は投げだし尻は地べたに降ろし、棒で器をたたきながら何やら歌っている。それを見て恵施は問いつめた。

「お前さんは奥さんと一緒になり、お子さんもでき、お二人は年を取られた。奥さんが亡くなったのに、泣きもせず弔う礼もしない。しかも器をたたきながら何やら歌っている。ひどすぎませんか」

「そんなことはない。あれが死んだその時はおれだってがっくりきた。だが考えてみるがい。あれがこの世に出てくる前は、命などなかったのだ。命がなかっただけではない。命の基になる気さえなかったのだ。もやもやしたわけのわからぬ何かが、変化して気になり、その気が変化して形になったのだ。それがあれだ。あれに命が与えられ、いま命が絶えたのだ。それは四季がめぐるようなものだ。あれはいま安らかに天地自然の間に休んでいるのだ。あれのそばでおれが泣きわめいたのでは、自然の運行を知らぬことになるではないか。だから泣くのを止めたのだ」

荘子のこの死生観は、道家思想にはまっている淵明には充分に共感できた。共感はできたが母が死んだ時、荘子のようなふるまいはいっさいしなかった。

淵明が儒家思想に関心があったことを端的に示すのは、五人の息子に儼《げん》、俟《し》、份《ふん》、佚《いつ》、佟《とう》と命名したことである。全員ににんべんの字をつけたのは、息子たちが儒家が言うように人と人との関係を円滑にする人間になってほしい。そう願ったからであろう。長男の通称を孔子の孫の孔伋《こうきゅう》の通称の子思《しし》にあやかり、求思《きゅうし》としたのも同じ願いではなかったか。

ところでさて、淵明は道家思想、儒家思想のほかに仏教思想にも関心があったと思われる。

淵明が仏教思想に関心があったことは、隠者の劉遺民《りゅういみん》、周続之《しゅうぞくし》とともに、廬山《ろざん》の西北の山すそにあった東林寺《とうりんじ》に住む僧侶の慧遠《えおん》らと交流があったことでわかる。ただ生前の淵明と交流があり、仏教にも明るかった顔延之が、淵明が死んだとき書いた弔い文に仏教に関する直接の言及がないのは、心残りではある。

劉遺民、周続之、淵明の三人は、《尋陽《じんよう》の三隠《さんいん》》と称された徴士《ちょうし》としてのつきあいであった。朝廷からお呼びがありながら、お呼びに応じない学徳の高い仲間だったのである。十二歳になった周続之は、郡の長官が建てた学校で数年儒家の学問をし、優秀だったので孔子の第一の弟子顔淵に比せられたが、以後は山里に一人こもって老子や荘子の道家の学問をし、東林寺に住む慧遠に師事することにした。劉遺民はその時すでに慧遠に師事しており、淵明も誘われ慧遠に師事することになった。

師の慧遠は北方の五台山《ごだいさん》の近くで生まれ、十代で洛陽《らくよう》に出て儒家、道家を修め、二十過ぎに長江の南へ渡り、高僧の道安《どうあん》の弟子となった。このお方こそわが師と感激し、儒家、道家を捨て仏門に入った。以後道安とともに長江を北に渡り、黄河流域を転々とした後、道安が異国に連れ去られたので、慧遠はやむなく長江を渡って尋陽《じんよう》に着いた。三十七歳のころ永住の地として廬山に入り、西北の山すそに東林寺を建立し、多くの求道者を教導する教主となった。その結社として白蓮社《びゃくれんしゃ》を設立し、六十八歳のとき西方浄土を祈願したところ、高弟の劉遺民が祈願の文を作った。慧遠の教えは阿弥陀仏《あみだぶつ》の救いを信じ、念仏を唱えて極楽浄土に生まれ、悟りを得ることを説くもので、浄土教の始祖といわれる。三十数年廬山を出ることなく、八十四歳で往生した。時に淵明は五十二歳。慧遠との交流は十年足らずであった。高弟の劉遺民は師の慧遠より先、淵明四十六歳の時に死んだ。

淵明が劉遺民、周続之に誘われ慧遠に師事したのは、柴桑《さいそう》のあばら屋が火事に遭う四十四歳のころで、三年前の四十一歳のとき彭沢の小役人を辞めていた。柴桑から東林寺までは廬山の西がわのふもとを南北に走る道を利用することになるが、その道のりはかなりあり、徒歩で日帰りするには忙しかった。

ある時、やや名の知れた隠者の陸修静《りくしゅうせい》という者と慧遠を訪ねた。時の経つのを忘れて仏教談義に花が咲き、山門を出ても談義は終わらなかった。この日の談義は「僧侶は王者に敬礼する必要はない」という題目であった。三人とも口角泡を飛ばし思うところを存分述べた。山門を出て半里行った所で虎が吠えた。東林寺は周囲を川で囲まれ、門の手前には虎渓《こけい》という名の谷川があった。慧遠がこの谷川を過ぎるといつも、虎が吠えるのでこの名になったとかで、慧遠は談義に来た客人を送る際は、虎渓を過ぎないようにしていた。だがこの日は談義に夢中になり、忘れて虎渓を通り過ぎてしまったのだ。三人は顔を見あわせて大笑いしたとか。淵明の仏教談義もなかなかのようである。世にこれを《虎渓三笑》と言った。

淵明が東林寺に行く気になったのは、白蓮社を設立した慧遠が入門するよう文書で誘った時、

「境内で酒を飲んでもよければ、入門してもいい」

との条件を出した。慧遠はそれを承知したので入門したという。寺院の山門の石塔には〈葷酒《くんしゅ》　山門に入るを許さず〉と刻まれている。心身を清める道場たる寺院には韮《にら》や酒は禁物。僧侶や信者の戒律として、韮や酒は境内に持ちこんではならぬと刻まれているのだ。この戒律に似た話が仏教が印度から伝わる前の『荘子』にあるのは興味深い。道家の荘子は儒家の孔子と高弟の顔淵を登場させ、二人に問答させる。

孔子は乱れた衛《えい》の国を救いたいという顔淵の思いを聞き、

「それは名利の虜になる行為だ」

と、言い、衛に行くことをたしなめた。それでも行きたいという顔淵に孔子は言った。

「心を清めるがよい」

「わが家は貧しく、数か月も酒も飲まず、韮も食べておりません」

「それは祖先を祭る清めで、心の清めではない」

「心の清めとはどういうことですか」

「心をひとつにすることだ。耳で聞かず心で聴け。心で聞かず気で聴け。気というものは虚であって、あらゆる物を受け入れる。また道というものは虚にだけ集まる。この虚こそが心の清めなのだ」

この話は顔淵を儒家の立場に立たせ、孔子を道家の立場立たせ、孔子に道家の言う虚を主張させるという、荘子特有の設定である。荘子は仏教の存在を知らないので、顔淵を釈迦《しゃか》に比しているとみなすのは早計だが、韮や酒は僧侶や信者の修行を妨げるという戒律が、この『荘子』と何らかの関係があればあるで、なければないで興味深い。

僧侶が食べないのは韮以外、葱《ねぎ》、薤《らっきょう》、蒜《にんにく》、薑《しょうが》など三十二種類あり、これらは臭気があり精力がつき、酒は心を乱し不善をなす根本となる。それゆえ韮も酒も山門に持ちこんではならぬとされた。だが一方、ものの本には韮は食べ続けると病に利き、葱のスープは腸チフスを直し、薤は身が軽くなって老いに耐えられ、酒は百薬の長ともある。心身にこれほどの効があるのならば、修行の妨げになると言わず、僧侶にもと思うのは、俗に染まった人間のさかしらなのであろう。淵明が境内で酒を飲むことを許されたのは、俗に染まった人間のさかしらを慧遠が察したのかもしれない。酒好きの僧侶は〈不許葷酒入山門〉を〈葷を許さず、酒は山門に入る〉と読み、韮は持ちこんではならぬが、酒は山門に持ちこんでもいいと戯れた者もいたとか。

四十四歳の淵明が劉遺民、周続之に誘われ、東林寺に行くことにしたのは、淵明八歳で父が死に、十二歳で妹の母が死に、三十歳で妻が死に、三十七歳で母が死に、四十一歳で妹が死に、四十七歳で従弟が死んだ。おまけに四十四歳の時あばら屋が焼け、無一物になった。自分だけなぜこれほどにと思わずにはいられなかった。人生の無常をつくづく感じる淵明は、異国の思想、宗教だが、すがってみたくなったのであろう。内にひそむもろもろの疑念が解決できるのではないか、と思ったのであろう。東林寺へ行ってはみたが、どうもその雰囲気が肌に合わなかったのか、眉をひそめて逃げ帰ったらしい。それを彷彿させる詩がある。

—谷川の青葉茂る松は、夏も冬も色は変わらぬ

—毎年霜や雪に遭うが、四季のめぐりは知っている

淵明は季節の変化、世の変化は充分に承知していると言い、季節や世がどう変化しようが、自分は一年中色を変えない松と同じように、決して変化する人間ではないと言うのだ。

—くだらぬ話が嫌になった、斉国《せいこく》の都へ行ってみるか

―そこには弁論家が多いとか、わが疑念を解いてくるか

戦国時代、国中の弁論家が集まり政治論議をしたのが斉の国。淵明は斉の国を東林寺にみたて、東林寺の僧侶と論議をすれば、心に鬱積するさまざまな疑念も解決できるだろう、そう思ったのではないか。

―旅支度をして日が経ち、家族へも行くぞと言った

―落ち着いてよくよく考え、行くのを止めることにした

―道が遠いからではない、騙されるのでは思ったのだ

―期待に反することになれば、もの笑いになるだけだ

―この悩みは具さには言えぬ、わしに向けこの詩を作った

東林寺への出立は整ったのに、淵明は行くのを止めてしまった。東林寺までの距離が遠いという物理的なことではない。精神的なことだった。「騙されるのでは」と思った。その具体はあいまいだが、仏教に疑念を抱いたのか。仏教は内にひそむもろもろの疑念は解決してくれないと思ったのか。あるいは仏教に救いを求める自分が嫌になったのか。仏教に関心は示したものの、深く立ち入ることができなかったのか。

淵明は悩んだ。東林寺へ行くべきか、行かざるべきか、悩んだ。自分の中の一人は行こう

と言い、もう一人は行くまいと言う。自分の中の二人の考えが違い、その葛藤に悩んだ。

淵明は葛藤する一人を形とし、もう一人を影とした。形はなま身の肉体、影は肉体につきまとう影法師。影は形に付随し、形が消えると影も消える。影は形よりはかない存在だが、その影が淵明の中では形に負けず劣らず動き、淵明を悩ますのだ。形がひと言言うと、影もひと言言う。形が何かを考えると、影も何かを考える。言うこと考えることが同じならば、淵明は悩まずにすむ。言うこと考えることがかみあわないと、淵明は悩まずにはおれない。争いははてがなく、互いに妥協しない。

土俵の中ではてしなく続く形と影の勝負争い。淵明は両者の勝負争いの判定役を考えた。それを神《しん》とした。神は宇宙の運行を支配する原理や秩序であり、人間の行動を支配する精神。神は形よりも影よりも上の存在で、形も影も神の言うこと考えることには、異を唱えることはできない。

淵明が自分の中の二人を形と影としたのは、荘子の本の中に、

「形が影を作るのでもなく、影が形に寄りかかるのでもない。形や影が変化するのは、そこに影響関係があるのではない。形は形、影は影として存在するのだ」

と、あるのを使ったのだが、これに神を加えたのは淵明の独創ではないかもしれない。淵明が悩んでいたちょうどそのころ、慧遠が書いた「万仏影《ばんぶつえい》の銘《めい》」の中に、

「形と神とが死ぬと、影は形から離れる」

と、あるのだ。紀元前の荘子が人間の中に形と影とを考えて以来、淵明、慧遠の世には、形、影、神の三つを考えることになった。それは仏教がもたらした成果であろう。その意味では淵明も修行僧ほどではなくても、仏教が静かに人の心に流れていく時代にいたと言える。慧遠も形と影と神の三つを考え、神と形との関係を対等としているが、淵明は神は形、影よりも上の存在と考えている。このことは大きな違いである。

淵明は分身の形と影と神をじいっと見つめ、「形が影に贈る」「影が形に答える」贈答詩を作り、さらにこれを読んだ判定役の神の詩「神の解釈」を作った。三部作を作った意図を淵明はこう語る。

「人は貴者であれ賤者であれ、賢者であれ愚者であれ、みんな命にしがみつきあくせくしている。なんでそんなにこだわるのか。わしは形と影に苦しみを述べさせ、神に自然とはなんたるかを説明させ、形と影の苦しみを解決してやることにした。風変わりがお好きなお方は、わしの思いをくみ取ってくだされ」

淵明は自分を分析、総合、客観視し、自分はいったい何たる人間なのか、生きるとはどういうことなのかを究明するのが三部作だと言う。

形が自分の苦しみを詠み影に贈った。

「人間は万物の霊長と言うが、天地自然だって霊長じゃないか。天地自然は永久不変なのに、人間はこの世にいるのはつかの間、百年も経たぬうちにみんな姿を消し、二度と再び帰ってくることはないではないか。この世から人一人消えてしまっても、一人いなくなったとだれも気づきはしないではないか。昔の人が〈去る者は日に疎し〉と言ったとおりだ。親が死んだってそうではないか。いわんやをやだろう。（淵明よ、お前さんは身内の死をずっと忘れずにいるか）。後に残る物は生前使っていた日用品。それを見ているとつらくて涙が出る。だのにすぐに塵や埃にまみれさせ、だれも見向きもしない。わしだって仙人になる術を知らぬ。そのうち間違いなく死ぬはずだ。どうか影くんよ、わしの言わんとするところをくみ取り、酒が手に入ることがあったら、ゆめゆめ断ってはならぬぞ。しっかり酒を飲んで悩み苦しみを消すがいい」

この形の苦しみに神はこう判定した。

「お前はどうせ死ぬんだから、酒を飲むのが一番と言うが、明けても暮れても酔っぱらっていれば、悩み苦しみは忘れることができるかもしれぬ。しかし、それはつかの間のこと。毎日毎日飲み続けていると、体をこわして死んでしまうぞ。（淵明よ、そうじゃろ）。酒を飲むなんてことは止めてしまえ」

影は形の苦しみを読み、自分の苦しみを添えて形に答えた。

「わしも天地自然のように永久不変、永遠に生きることができるとは思っていない。それは形くんと同じだ。わしは日ごろ長生きできるような養生もしておらん。養生したからといって長生きできるものではない、むしろ養生しない方がよい、と言った荘子の教えを守っているだけだ。わしもまた形くんと同じように仙人になる術を知らぬし、仙人の世界がどこにあるかも知らん。わしは形くんと出あってからずっと、形くんが喜べばわしも喜んだし、形くんが悲しめばわしも悲しんだ。暑さを避けてわしが木蔭に入るとその間は別々だが、日なたに出るとまた一緒になる。こんな関係が永遠に続くことは絶対ない。いずれ遠くなくともに暗闇の中に消えてなくなるのだ。形が消えてなくなればわしも消えてなくなる。そうなれば名もなくなる。それを思うと腹わたが煮えくりかえる。（淵明よ、死んだ後、淵明という名がなくなってもいいのか）。生きているとき善なる行いをすれば、その恵みが子々孫々に及ぶというではないか。形くんよ、死ぬんじゃないか、死ぬんじゃないかとばかり思わず、生きている時間は短いかもしれぬが、努めて善なる行いをしようではないか。形くんは酒を飲めば悩み苦しみは消えると言うが、善なる行いをすることと比べたら、足もとにも及ばぬことではないか。どうか形くんよ、酒を飲むのを止め、善なる行いを積もうではないか」

この影の苦しみに神はこう判定した。

「生きている時間は短いのだから、悩み苦しみを忘れる酒を飲むことより、善なる行いを積み後世に名を残すことをお前は力説するが、名を残して何になる。名誉や地位が何になる。(淵明よ、そうじゃろ)。名を残していったいだれに誉めてもらおうと言うのだ。善なる行いを積むなんてことは止めてしまえ」

神は形の苦しみ、影の苦しみに対し神としての判定を個々にした後、最終の判定をこう下した。

「人間が天人地のまん中にいるのはなぜかわかるか。宇宙の運行を支配し、人間の行動を支配するこの神がおるからじゃ。神の存在は重大。神なるわしはお前たち形や影とはおる世界が違うのじゃ。比べる相手にしてはならぬ。雲の上の存在なのだ。お前たち形、影が生まれたとたん、このわしはお前たちの内部に棲みつくのじゃ。わしはお前たちのすることなすこと、何もかもお見とおしなのじゃ。お前たちが喜んだり怒ったり、哀しんだり楽しんだり、みな知っている。わかっていたか。だから形が苦しめばわしは黙ってはおれず、影が苦しんでもそうなのじゃ。死ぬのが怖くて命にしがみつきあたふたしたとしても、身分、地位に関係なく、年齢、男女に関係なく、いつかみんな死ぬんじゃ。思いつめないことじゃ。思いつめたってどうにもならぬ。命を縮めることになるだけじゃ。どたばた騒がず運に任せろ。なりゆきに任せろ。それが一番じゃ。長生きしたからといって喜ぶこともなく、若死にしたからといって哀しむこともないじゃないか。死ぬべきものなら死んでもいいじゃないか。独りしてあれやこれや思いわずらうな。（淵明よ、そうじゃろ）」

淵明は自分を分析、総合、客観視し、自分はいったい何たる人間なのか、生きるとはどういうことなのかを究明しよう、として三部作を書いた。果たして書きあげて後、形や影の悩み苦しみはいっさい消え失せ、神の判定に素直に従うことができたか。人間の悩み苦しみはそう簡単に消え失せるものではない。必要なのはいや応うない諦観、達観ではなかったのか。淵明はそのことを十二分に承知していたはずである。

淵明の思想は道家、儒家、仏教の上に成り立っていたが、当時の教養人はこれらの思想は別のものではなく、根っこはひとつだと考えていた。李充《りじゅう》は、

「儒家の教えは物事の末端を救い、道家の教えは物事の根本を明らかにする。根本と末端との違いはあるが、教化することでは変わりはない」

と、言い、孫綽《そんしゃく》は、

「儒家は衰えた世を救い、仏教は世を救う根本を明らかにする。儒家と仏教とは末と本をな

すもので、その趣旨に変わりはない」

と、言う。要するに、道家、儒家、仏教は末か本かの違いがあるだけで、人を救うことにおいてはひとつだと言う。人を救うことにおいてはひとつ。そのひとつを一語でいえば《道》。孔子の《道》はすなわち老子の《道》であり、老子の《道》はすなわち釈迦の《道》であり、釈迦の《道》はすなわち孔子の《道》なのである。淵明も李充、孫綽と同じ認識だったと思われ、淵明は《道》を求めて生きたのである。

## 生　命――死にたくない

わしは死にたくない。淵明《えんめい》の本音であった。

淵明は命という得体の知れないものに、やたらと関心を持った。六人の身内がつぎつぎ死んだことがその思いを強くさせたに違いない。命、それは生きること、死ぬことである。生と死の命について深く深く考えこみ、知れない得体の実態を明かそうとする。明かそうとして悩み苦しむ。淵明は思案顔でこう言う。

―命は必ずなくなるのだ、昔々からそう言われている

―命ある者は必ず死がある、短命も運命によったまでだ

―昔々から人はみんな死ぬんだ、それを思うと胸底が煮えくりかえる

――昔々から人はみんな死ぬんだ、人は霊長ではないじゃないか

人はみんな死ぬ。死なない者はいない。淵明は同じことをくり返しくり返し言う。

人の命は運命、天命による。人間の努力でどうにかしようにも、どうにもなるものではない。このことは孔子の高弟が、

「死と生は運命次第、富と貴も天命次第」

と、発言していることで承知していたし、漢の時代の本に、

「命ある者は必ず死があり、始めある者は必ず終わりがある。それが自然の理なのだ」

とあるのを読んだこともある。死ぬこと、生きることは自然の理。それを考えると、堂々めぐりで先へ進まなかった。

こんなことも考えた。死、生は運命次第と言うが、どれくらい生きられるのだろうかと。

道家《どうか》の荘子《そうし》は、

「最も長くて百年、中くらいは八十年、下の方で六十年」

と、言い、同じ道家に属する列子《れっし》は、

「百年生きられる者は千人に一人もいない」

と、ずばり言う。
昔の人は死は運命次第、長くて百年と思っていたようである。道家に傾倒していた淵明はそういうものかと思った。それにしても、父が死んだのは三十五歳、妹の母は三十歳、妻は二十六歳、母は五十九歳、妹は三十八歳、従弟は三十一歳。百歳にはみなほど遠いではないかと思った。
百年も万年も生きたいのであれば、不老長生の仙人になればと思うのだが、それはきっぱりと否定する。
――大昔仙人の赤松子《せきしょうし》、王子喬《おうしきょう》がいたらしいが、いったい今どこにいるのか
――大昔彭祖《ほうそ》は八百年生きたらしいが、それ以上は生きられなかった
――日ごろ心を高く持っておれば、仙人の住む所へ行く必要はない
――財産や地位はまったくほしくない、仙人の住む所も行きたくない
仙人になるつもりはないが、長く生きたいと言う。

長く生きて百年。しかし百年は短すぎる。あっと言う間の百年を淵明はこう表現してみた。

——人の命にはつなぎ止める根も蔕《へた》もない、まるで道端の塵のようだ

——人の一生はどれほどもない、まるでぴかっと光る稲光のようだ

短すぎる命をこのようなたとえで表現するのは、昔の人たちも好んでやっていた。

——人がこの世に生きるのは、まるで春の終わりの草のようだ

——人はこの世に千月もいない、まるで命は秋の葉のようだ

——人がこの世に生きているのは、まるで朝の露が日で乾くようなものだ

——百年はどれほどもない、まるで風が灯火を吹くようなものだ

——人は天命を受け生まれてくるが、まるで河の中の塵のようだ

——人がこの地上で生きるのは、まるで鳥が目の前を過ぎるようなものだ

——人が天地の間にいるのは、まるで鳥が枯れ枝に止まっているようなものだ
——人は天地の間に生まれても、とても百年は生きられない
——まるで火打ち石のようであり、つむじ風のようでもある
これらは人の命の短さ、はかなさ、無常を自然の風物で表現したものだが、この表現法は荘子の、
「人が天地の間に生まれ生きるのは、まるで日の光が壁のすき間にさしこみ、瞬間に消えてしまうようなものだ。速いことこのうえない」
によるもので、やはり道家の本にみえる。
自然の風物ではなく人間で表現するものもある。
——人が天地の間で生きるのは、まるで遠く旅する人のようだ
遠く旅する人は一か所に留まることなく、常にあわただしく居場所を変える存在であり、また遠くへ行ったきり帰って来ない存在でもある。この状態を人の命の短さ、はかなさ、無常にたとえて表現したのだろうが、これは古い言葉を集めた漢の時代の本、
「干し魚を吊るした縄は腐ってしまい、両親の寿命は通りすがりの旅人のようなものだ」
によるのであろう。

朝の露のような、風の前の灯火のような、火打ち石のような人生が終わり死んでしまうと、どんな扱いを受けるのだろう。淵明は知りたくなった。

戦争に駆りだされた夫が、遠方で死んでしまった。未亡人になった妻が墓の前にたたずんだ。蟋蟀《こおろぎ》が近くの藪《やぶ》で鳴き、はぐれ鳥が小枝にぽつんと止まっている。東の方には葛《くず》が生い茂って、蔓《つる》が伸び茨《いばら》をおおい隠している。西の方にも葛が生い茂って、蔓が伸び墓をおおい隠している。妻はその光景を見て、葛でさえ寄りそっているのに、自分には寄りそう人がいない。相手のいない独り暮らし。一日の時間のなんと長いこと。一年の時間のなんとなんと長いこと。早く百年たってほしい。昔の人は百年たてば命がはて死ぬと言う。死んであなたの所へ行きたい。もう一度一緒になりたい。待っていてください。

淵明はいい夫婦だなあと思った。わが妻もこうしてくれるだろうかとも思った。

生まれてこの世に出てくる者は日ましに親しまれる。ちやほやちやほやされる。一方、死んでこの世から消え去った者は日ごとに忘れられる。いたことさえ忘れられる。土塀で囲まれた村の北がわの門を出て前方を見やると、高く土盛りした無数の墓が目に入る。墓は死んだ人を土でおおい埋めた所、世俗の煩わしさがなく心休まる所。そこには大昔死んだ人もいれば、最近死んだ人もいる。老いもいれば若きもいる。聖人もいれば愚人もいる。人の命はもろく弱く、金や石のように強く堅くない。まっ暗な奥深い闇の中で、静かに眠り続け、千年経っても万年経っても、目が覚めることはない。千年も万年も前から、生きている人は死んだ人を送り、生きている人は死んだ人となり送られた。死んだ人を墓に葬るときは、村をあげて声をあげ泣いた。ところが神聖で冒してはならないこの墓が姿を消している。時が経つにつれ古い墓は鋤《すき》ですかれ、稲や麦や豆を作る田畑に化けている。墓地に通じる道の両がわ、それに墓地の周囲に植えられた常緑樹の、墓守りの松や柏の樹はうち砕かれ、薪にされて竈《かまど》で燃やされてしまった。死んでこの世から消え去った者は日ごとに忘れられる証しだ。寂しげな風が音をたてて楊《やなぎ》の木にぴゅうぴゅう吹きつけ、その風音がひどく悲しい。墓に眠っている人の魂が村に帰ろうとするが、帰ろうにも帰るべき道がないのだ。死んだ人は生き返ることはできないのだ。

淵明は死んでこの世から消え去った者は日ごとに忘れられると知り、なんだか背筋が寒くなるのを覚えた。が、そんなものかもしれないとも思った。

死んで墓に入るまでの百年という短い時間をこう考えてみた。

――人生はいわば仮ずまい、やつれ衰える時が必ずくる

淵明は人生は仮ずまいと考えた。この考えも実は道家の老子の考え。

「人が天地の間に生きているのは仮ずまいであり、いずれ仮ずまいから本ずまいの所へ帰って行くのだ」

この世は一時的な家、仮ずまい、寓居。あの世は永久の家、本ずまい、本宅。老子の言うところはこういうことらしい。

一時的な仮ずまいのこの世はどんな世なのだろうか。荘子はきっぱりと言う。

「世の人が尊ぶものは富裕、高貴、長寿、名声。楽しむものは安楽、美食、美服、美人、音楽。さげすむものは貧乏、下賤、夭折《ようせつ》、邪悪。苦しむものは心身が安楽にできない、美食が口にできない、美服が着られない、美人が見られない、音楽が聞けないことだ。尊ぶもの、楽しむものが思うようにならないと、ひどく心配しうろたえる。尊ぶもの、楽しむものを求めて健康を保とうとするのは愚の骨頂だ。考えてみるがいい。人生というものは心配ごととともにあるのだ」

仮ずまいのこの世は悠長に構える所ではない。心配ごとをかかえこんで生きていく所なのだ。尊ぶものを尊ばず、楽しむものを楽しまず、さげすむものをさげすまず、苦しむものを苦しまず生きていくことだ。そうすることがこの仮ずまいで生きるということなのだ。淵明はこの荘子の主張を読み、真に尊ぶとはどういうことか、真に楽しむとはどういうことかを考えた。

淵明はしかし人の命とは何なのか。わかったとはまだ言えなかった。なお考えた。考えたことは昔の人が考えたことと同じであった。人間の寿命に比べて自然の寿命はどうか。広大にして無辺、長久不滅な空間。この空間の中で人は生きている。不断にして連続、永久不変な時間。この時間の中で人は生きている。空間の寿命、時間の寿命は、人間の寿命と比べると、雲泥の差がある。天と地ほどの差がある。

広大にして無辺な空間、長久不滅な空間。この空間の中で生きる人間はちっぽけで、微小である。淵明は思い悩む。

——宇宙のはてはどこまで広がるのか、人の命はせいぜい百年なのに

——天地は長久不滅だが、人間は不死身ではない

空間は広大にして無辺、長久不滅と認識するのは老子、荘子である。

老子は言う。

「万物を創造し育成する天地は長久不滅である。なぜ長久にして不滅かと言えば、天も地も

みずから生きることを主張せず、私心がないからだ」

続けて言う。

「この天地の理を体得した聖人は、自分のことは無視して他人のために尽くす。他人の心を自分の心とする。その結果は他人に敬われ自分の存在が確立する。なぜ確立するかと言えば、聖人に私心がないからだ」

人間もこの天、地のように私心をなくすと、長久にして不滅たり得ると言う。

荘子もまた老子と同じように言う。

「天地は長久不滅だが、人間の寿命には限界がある。限界のある寿命を長久不滅の空間に預け、自分の思いを満足させようとする。しかし、満足させることができないまま寿命がなくなり、死んでしまうのだ。自分の思いを満足させ、寿命を伸ばすことができなければ、道に通じているとは言えないのだ」

限界のある寿命を長久不滅の空間におき、無限な思いを満足させたいのが人間。それを成し遂げるには道を体得しなければならぬと言う。道、それは無為であり、真であり、自然である。

自分も道を体得したいと日々思いはするが、老子、荘子の言うようにはなれない。淵明は思い悩む。淵明の前に立ちはだかる広大にして無辺、長久不滅の空間。空間の寿命は度しがたかった。

不断にして連続な時間、永久不変な時間。この時間の中で生きる人間はちっぽけで、微小である。淵明は思い悩む。

―夢まぼろしのような百年、暑くなり寒くなり時は流れる

―時はめぐりめぐるが、死んでしまえばそれで終わりだ

―時はどんどん過ぎ去り、人は死ねばもどることはない

時間は不断にして連続、永久不変と認識するのも荘子である。

荘子が言う。

「人間がこの世に生きている時間は、人間が生まれる前の時間に比べ断然短い。微小でちっぽけな人間が永久不変な時間に身をおき、その時間を知り尽くそうとする。知り尽くせるはずがない。なのに知り尽くそうとする。だから人間は思い悩み、満足が得られないのだ。人間の寿命には限界があることをわきまえ、時間はいっときも止まらず、不断にして連続するという時間の本体を認めることだ。そうすれば生まれようが死のうが、長寿だろうが短命だ

ろうが、そんなことは大した関心事ではないのだ」

淵明は思い悩む。春が過ぎれば夏、夏のつぎは秋、秋が終わると冬、そしてまた春。夜が明ければ朝、朝が過ぎれば昼、昼の後は夜、そしてまた朝。春には春の風、夏には夏の風、秋には秋の風、冬には冬の風。春には草花が咲き、夏には樹木が茂り、秋には枝葉が落ち、冬には万物が枯れる。黒い雲が現れると雨、青い空が現れると晴。

不断にして連続、永久不変な時間は移り変わるが、そこには調和というか、秩序というかがある。調和、秩序があるから、一年の時間、一日の時間が行ったり来たりし、くり返される。人間はといえば、調和とか秩序とかがないのだろう。行ったきりで返って来ない。くり返されない。時間の寿命に比べて人間の寿命はあまりに短い。淵明は苦しみ悩む。老子や荘子が言うように、不断にして連続、永久不変な時間を知り尽くそうと思うまいとしても、それはできぬことであった。淵明には時間の寿命は度しがたかった。

広大にして無辺な空間、長久不滅の空間。不断にして連続な時間、永久不変な時間。自然の寿命に比べ人間の寿命のなんと短いことか。老子や荘子に教えられてもなお、思い悩む淵明はまたまた老子、荘子の本をめくった。

荘子はこんなことを言っている。

「人の生、死は運命だ。避けられないことだ。一日に朝があり晩がある。これも避けられないことだ。人の生、死、一日の朝、晩。これは絶対的なもので、人間の努力でどうすることもできないのだ。どうすることもできぬ物が天地の間にはある。それは天地の間にあるすべての物の真相なのだ」

淵明はこれを読み、人間の寿命を自然の寿命と比べることはできぬのかと思った。人間と自然は対立しているものでもなく、区別できるものでもない。渾然一体なのかと思った。どうすることもできない真実として、人間は自然の一部なのかと思った。思ったということに止まり、それ以上のことは何もない。

老子はこんなことを言っている。

「人間の寿命は自然な状態だと、長生きできる者が十人のうち三人、若死にする者が十人のうち三人いる。この六人は天命だから人間の努力ではどうにもならない。だが天命以外わざわざ自分から死んでしまう者が十人のうち三人いる。なぜ死ぬかと言えば、その連中は生きたい、生きたいと生きることに執拗にしがみつくからだ。まだ生きることのできる命をあたら捨てるなんてばかげたことだ」

淵明は死にたくなかった。しかし、生きることに執着すると命を縮めるという老子の主張を読んでも、執着すまいと言う思いにはなかなかなれなかった。

淵明は人の命とは何なのか。少しわかったような気もしたが、自分には遂げたいことが山ほどある。それをやり遂げるにはやはり百年は短すぎた。

――人の命は短くやりたいことが一杯ある、死なずに永久に生きたいのだ

――あばら家で燃ゆる思いはあるが、時の流れは止めることができぬ

――時はわしを置き去りにして流れ、胸中の志を遂げることができぬ

――それを思うといたたまれず、夜がしらむまでじっとしておれぬ

「やりたいこと」「燃ゆる思い」「胸中の志」。それは俗人が欲し求める名誉、地位、財産などではない。人間を人間たらしめる何か。いわく言いがたい。あえて言えば無為、真、道、自然と言ってもいい。かつて読んだ老子の言葉を思いだした。

ある者が老子に尋ねた。

「儒家についてお考えをお聞かせください」

老子は真顔で答えた。

「学問を止めることだ。学問すると人間はこざかしくなる。こざかしくなるとたくらみが出る。学問を止めてしまえばこざかしくなく、たくらみもなくなる。余計な心配ごとがなくな

るのだ。受け答えの返事で、丁寧に〈ハイ〉と言おうが、ぞんざいに〈ウン〉と言おうが、どれほどの違いがあるのか。善と悪、美と醜、大と小、どんな違いがあるというのか。〈人さまが畏れ憚ることは、自分も畏れ憚らねばならぬ〉と言うが、そんなこと言ったらきりがあるまい」

「世間の暮らしをどうお思いですか」

「世の者たちは浮き浮きしている。牛、羊、豚が並んだ大ご馳走の席に招かれた客のようだし、うららかな春の陽気に誘われ小高い丘に登るようだ。大事なことを忘れて浮わついていないか。自分は路地裏でひっそり時を過ごし、どこかへ行こうという気も起こらない。まだ笑いもしない生まれたばかりの赤子のようだし、行くあてもなくさびしそうにしている野良犬のようだ。世の者はみな豊かなのに、自分だけは貧しい。自分はどうしようもない愚か者。どろ臭いとしか言いようがない」

「世の賢人をどうお思いですか」

「賢人は明るくはきはきしているが、自分はうす暗くしょぼたれている。世の者は浮き浮きしているのに、自分だけはしょぼしょぼしている。ゆったりと揺れ動く海のようだし、ふわふわとさ迷いただよう風のようだ。賢人はみな世の役に立っているが、自分だけは融通がきかず田舎くさい。自分は世の賢人とは大違い、変人なのだ。賢人になりたいとは微塵も思わない。自分が大事にしているのは自分を育ててくれたお袋の乳。お袋の乳、それは道なのだ」

またかつて読んだ荘子の言葉も思いだした。

「無為、真、道、自然を体得した者は、生きていることを喜ばず、死んでしまうことを嫌いもしない。いつか知らぬうちに生まれ、いつか知らぬうちに死ぬのだと思っている。生がいつ始まったかも知らず、いつ終わったかも知らないのだ。仮ずまいのこの世に生を受けたらそれなりに喜び、生が尽きたらあの世の本ずまいに帰るのだ承知している。この者たちは生死を超越し、生と死は別物のではないと思っている。生と死は連続し一体なのだと思っているのだ」

生きることと死ぬことは同じ。淵明にはこんな論理は何としてもわからなかった。

人の命とは何なのか。あばら家で本を読んでも釈然としない淵明は、気晴らしにぶらぶらと出かけることにした。出かけるときは独りのことが多かった。

ある秋の夕暮れ独りで出かけた。つるべ落としの晩秋、夕日が西の空に沈もうとし、雲はあかね色に照り映えている。細い月が雲間からしらじらと現れ、天空は澄んではてしなく広がっている。寒々とした夕風がひゅうひゅう吹き、夜露が降り気配は冬が近いようだ。ひぐらしが小枝で命つきそうに鳴き、雁が群れをなし雲間をわたっている。生い茂った草は日ごと黄ばんでしぼみ、樹木も夜ごとひとりでに枯れてゆく。こんな晩秋の夕暮れの風景を見ていると、人の命とは何なのか。思いはそこにいってしまう。

姿形を変えるのは自然の風景だけではない。万物はみな変わるのだ。しかもさまざまに変わるのだ。もちろん人間も例外ではない。生きている限り悩み苦しみからは逃れられない。

孔子は、

「今に限ったことではない。人間は大昔からみな死ぬのだ」

と、言ったではないか。人間はだれだって死ぬ。死なない人間はいない。人間は生まれた瞬間から死に向かってしか生きられぬ。荘子は、

「世俗の人間はこの世に生まれてきたことを喜ぶが、人間の命なんてさまざまに変わる現象の一つにすぎないのだ。生まれてきたことを喜ぶのはばかげている」

と、言ったではないか。それを思うと胸が傷む。しかし、人間の努力ではどうにもならぬのだ。

この胸の傷みはどうすれば解消されるのか。今のこの時間を充実させることで、今のこの時間を先に伸ばさないことだと考えた。今のこの時間をできるだけ引き伸ばし、できるだけ長く楽しく暮らすことだと考えた。そのために妻や子どもらとぶらぶら出かけて楽しみ、隣

近所の農夫と収穫の話をして楽しみ、気のあう連中と濁酒を飲んで楽しみ、長い夜の時間も明かりを灯して楽しむ。淵明ができる楽しみとはこの程度である。これでは淵明の思いはとうてい解消されなかった。

ある早春の昼下がり、気持ちのいい春風に誘われ、竹で作った手製の杖をつき、ぶらりと出かけた。山のほら穴から出た雲は無心に春の空にただよい、朝がた林のねぐらを出た鳥は自由に春の空を飛んでいる。すると淵明の心の中の一人が、

「あの雲、鳥を見てどう思うよ」

と、聞いた。淵明の中の別の一人が、

「自分もあの雲のように無心に、あの鳥のように自由になりたいと思う。だがしかし、しょせん自分は無心に、自由にはなれない。思い悩むことが多いからだ。とりわけ人の命を考えると悩みは尽きないのだ」

と、答えた。少し歩くと小さな川があった。淵明は川のほとりにしゃがみ、水の流れをしばし見つめていたが、そのとき淵明は孔子の言葉を思いだしていた。

「過ぎゆく者はこの川の流れのようだ。朝な夕な休むことなく過ぎゆく。人の命もこの川の流れと同じだ。川下へ下ってしまった水は、二度と再び川上へもどることはないのだ」

淵明は孔子に人間死んだらおしまいと、川の流れを見ながら教えられた。それを思いながらしばらく歩き小高い丘に登った。丘の上から村を眺めると、一面に広がる平野にあばら屋が点々と見える。心に浮かぶままにこんな詩を作り口ずさんだ。

—世の男どもは世界を志すが、わしの願いは年を取らぬこと

—身内が一緒に暮らすこと、子や孫たちが助けあうこと

—朝から酒が飲め琴が弾けること、樽の中の酒が空にならぬこと

—くつろいで楽しめること、早く起き遅く寝ること

丘を下りあばら屋に帰る道々、春を迎えうれしげに生き生きと花が咲こうとしている樹木、冬の雪解け水を受けちょろちょろ流れている山あいの泉に出あった。春の季節になれば春の季節に応じ、調和、秩序ある自然の運行を見て、淵明はまた人の命について思いをめぐらし、口をついて出るのは絶望の言葉。

「やんぬるかな」

これは既定の事実はどうしようもない、人間界は自然界と同じではないことに対する絶望である。絶望の言葉にこう続け、昼下がりのぶらぶら歩きを結んだ。

「この身を天地の間の仮ずまいに預けるのはどれほどの時間か。この身が仮ずまいにいるのは短い短い時間だ。身はあてにならぬのだから、身ではなく心を運命のままに任せればいい

ではないか。どうしてうろうろうろうろうろうろしてどこに行くつもりなのか。うろうろうろうろするな。思いは残ろうが自然の運行に任せて死に、帰るべき本ずまいに帰ればいいのだ。孔子が作ったという本に〈天を知り命《めい》を知れば、心配ごとは何もない〉とあったではないか。人間も自然の一員なのだから自然の理に任せる。そうすれば疑うことはいっさいないのだ。そうだろう」

「疑うことはいっさいない」と言うが、命に対する淵明の心配は完全に解消され、晴れ晴れした心境に達したのであろうか。そうではあるまい。「疑うことはいっさいない」心境に達するには、「天を知り命を知る」ことができてはじめて可能である。早春の昼下がりのぶらぶら歩きで、淵明は「天を知り命を知る」ことができたか。それははなはだ疑問である。命に対する淵明の悩みはなお続いたに違いない。

ある冬の朝方、独りでぶらぶら出かけた。季節は春、夏、秋、冬、一寸の狂いもなくめぐり、時間も朝、昼、晩、一分の狂いもなくめぐる。一年の終わりは冬、一日の初めは朝。時の流れに狂いはない。冬の寒さは身の毛もよだつほどで、その寒さはがまんならない。吹きすさぶ風は耳がちぎれるほどで、その風で枯れた枝葉が吹き飛ばされ、大小の落ち葉が荒れた小径に散っている。降りしきる雪は地面に落ちたとたん凍ってしまい、樹木は雪ですっぽりおおわれ、池には氷が張り魚の姿は見えない。人を寄せつけない冬の景色を前にして、人の命とは何なのか。思いはまたそこにいってしまう。

生まれながらの弱い体は年々衰え、あれやこれやの病気もし、この体に鞭うち無理して田畑を耕してきた。がたがたの体だ。黒かった髪の毛もまっ白になり、肌はつやもなくしわだらけ。髪の毛が白くなったらおしまい。目の前のまっ白い雪。それは一年の終わりの象徴だ。先は見えている。わがあばら屋は旅の者が一晩泊まるほどの仮ずまい、寓居。あばら屋を出たら、つぎはどこに泊まるのか。それはどうも廬山《ろざん》らしい。廬山にはわしが帰らねばならぬ本ずまい、本宅があるのだ。本宅、もちろん墓だ。わしの落ち着く所、わしの心休まる所は墓なのだ。

初秋のある日、淵明は独りのぶらぶら歩きをやめ、気分転換に子どもらを連れぶらぶら出かけた。子どもらとは久しぶりの散歩であった。小さな川の流れに沿いながら、田んぼの細い畦道を歩きながら、近くの景色や遠くの風景を眺めながら、子どもらの足に合わせながらの、先を急がないゆっくりの散歩であった。ゆっくりの散歩だったが、かなりの距離を歩いていた。妻が作ってくれた弁当をひろげ、わいわい言いながら食べもした。進むうちに家もまばらになり、見ると屋根も壁も柱もないが、そこに小屋らしき物があったことをうかがわせる空き地があった。あるのは井戸、竈《かまど》、腐った桑と竹で、あたりは荒れはてている。人が住んでいたに違いない。淵明は空き地のそばの山で木を切っていたきこりに聞いた。

「ここの人はどこへ行かれました」

「死んでしもうたんじゃ」

俗念を捨て山の中で暮らすきこりが人の死をいたむ。ぽつりと言ったひと言が淵明の心につきささった。

(ひと世代で朝廷が市場に、市場が朝廷に変わると言うが、うそではない、本当なのだ)

そう思った。そして、散歩の最後をこう結んだ。

—人生は幻化《げんか》に似て、終《つい》にまさに空無《くうむ》に帰すべし
人の命、人の世は幻化に似ており、死んでしまえば空無に帰る。

幻化、この語を説く道家の本『列子《れつし》』によると、

「人が生まれるか、死ぬかは万物創造の要因である陰と陽が変化し、その変化のしかたで生になったり、死になったりする。自然の理を知りつくし変化を突きつめた結果、姿形を変えてゆくのが幻であり、化である」

ということらしい。変化し続けるのが自然界であり、自然界の一員である人間が生まれるか、死ぬかという現実の問題は、変化の中で姿形を変える幻、化と同じだと言うことらしい。

死んでしまえば空無に帰る。帰るとは本来おるべき所に帰ること。本来おるべき所、それは空無だと淵明は言うのだ。空無の空と無は同じことらしい。空はすなわち無、無はすなわち空。空も無も実体がないこと、存在しないこと。生きている時は実体があり、存在がある。これを道家は有と言う。死んでしまうと実体がなくなり、存在がなくなる。これを道家は無と言う。死は無なのである。道家流にいえば「無に帰る」となるのだが、淵明はそう言わず「空無に帰る」と言ったのは、仏教の影響らしい。淵明よりやや前の僧侶の支遁《しとん》の詩に、

――老子は遥か遠い人となり、荘子の村は今や何もなくひっそりしている
――むなしいかぎりだ千年も前のことは、消え失せて空無に帰してしまった
――空無になったことを煩うには及ばぬ、あらゆる事象は一つになるのだから

と、ある。

存在するすべてのものは現象であって、永劫不変の本体、物体などというものはない。これが仏教で言う空らしい。仏教で言う空は道家の言う無にきわめて近く、空と無がくっついて空無という語ができたのであろう。つけ加えると、仏教の空無は道家の虚無、無為に近く、道、自然に近いと言えよう。

淵明が子どもらと散歩し、途中荒れはてた空き地に遭い、「死んでしもうたんじゃ」と言うきこりのひと言に心動かされた淵明が散歩の最後に、

——人生は幻化に似て、終にまさに空無に帰すべし
と、しめくくったのは、道家、仏教の言う「死」に思いをいたしたのであろう。

淵明は思った。

（わしは何でこんなに悩むんだろう）

（もって生まれた性分なのか）

（なまじ本が読め、字が書けるからか）

（いっそ文盲だったら……。読み書きできなかったら知恵もつかず、考える力もなく、思い悩むこともなかろうに。読み書きができるということは、人間を苦しめることなのだ）

淵明は読み書きできることが恨めしくなり、自己嫌悪に陥るのであった。こんなときひょいと老子の言葉が思い浮かぶ。

「学問を止めることだ。学問すると人間はこざかしくなる。こざかしくなるとたくらみも出る。学問を止めてしまえば、こざかしくなく、たくらみもなくなる。余計な心配ごとがなくなるのだ」

悩みから解放されたい。そう思って本を読み字を書く。そうするとまた悩む。その悩みから解放されたいと思い、また本を読み字を書く。堂々めぐりだが、だからといって淵明は読

み書きを捨てることはできなかった。

淵明は死に際、自分の死を弔う詩を自分で作った。

――墓には雑草がはてしなく生い茂り、はこ柳が寂しげに風に揺れる

――ひどい霜の降りる九月のころ、火葬場へ野辺の送りをしてくれる

――あたり一面人家は見えず、土を盛った墓が無数に見えるだけ

――柩《ひつぎ》を引く馬は天を仰いで嘶《いなな》き、吹く風はおのずとわびしげである

――墓穴はいったん閉じてしまうと、千年経っても朝はやって来ない

――千年経っても朝がやって来ないのは、賢人達人でもどうにもならぬ

――野辺の送りをしてくれた人たちは、それぞれ家に帰ってしまった

――親戚の者はまだ尽きぬ悲しみにくれ、他人はもう村の歌を歌っている

――死んでしまえばだれとも関わりはない、身を山に預け土となるだけだ

死とは空無に帰すことであり、空無に帰すとは土となることであった。臨終にあたって淵明はついに死を達観し諦観したのだろうか。淵明は死に際、自分の死を弔う長い長い文も残している。その冒頭に、

――わしは今この寓居に別れを告げ

――帰るべき本宅に行こうとしているのだ

と言い、最後にはこうある。

――人の一生は実に難しい

――死とはどんなものか

――なんと哀しいことよ

この文では死とは土となることだとは言っていない。諦観し達観していない。死にまだ執着し固執している。諦観、達観と執着、固執。淵明は死ぬまで、死んでもなお死という得体の知れない怪物を明かすことができなかったのではないか。淵明は死の実態を明かそうと儒家の本、道家の本を読みあさったが、結局はその思想から納得のいく答えが得られなかったのではないか。迷いに迷い続けたのではないか。淵明が妹の死を弔う文、従弟の死を弔う文、自分の死を弔う詩、自分の死を弔う文をたて続けに書いたのも、死の実態を見きわめたいと思ったのではあるまいか。

淵明は墓の中で孔子が言ったつぎの言葉をどう思っているだろうか。

「余は生とは何かわからない。まして死のことはわからない」

淵明は百年に三十七年残し、六十三で本宅に帰って行った。

# 濁　酒――憂いを忘れる

「わしは生存中、存分に酒を飲むことができなかった。残念無念でならぬ」

これは死に際、自分の死を弔った詩にある淵明《えんめい》最期の言葉。酒に未練を残し死にゆく悔しさを単刀直入に言い、六十三年の命を終えた。

淵明は酒が大好きだった。いつも飲みたい、飲みたいと思っていた。しかし、思うほどには飲めなかった。なぜ飲めなかったのだろう。どうして存分に飲みたいと思ったのだろう。

淵明は言う。

「わしの酒好きはもって生まれたもの。だから飲まずにはおれないのじゃ。だが貧乏のせいでいつもいつも飲むことができないのじゃ」

酒好きはもって生まれたものだと言う。これは人間がこの世に生を受けたのは天命によるものだ、と言う言いかたと変わらない。酒好きは天命なのだ。だから天に逆らうことはできない。自分の努力でどうにかなるものでもない。そう思っていたのであろう。しかし、貧乏ゆえに天が授けてくれた酒好き、それを適えることができない。それはあんまりではないか、と死にぎわ無念残念と嘆いたのではないか。

貧乏ゆえに酒が飲めない。そのことを知っている身内や古なじみが酒を用意し、声をかけ誘うことがしばしばあった。淵明は遠慮せず、いそいそと出かけた。出かけたかぎりは空になるまで飲んだ。中途半端な飲みは主義ではない。酒量は決まっていない。酔っぱらうまで飲む。それは決めていた。酒乱になることはない。酔っぱらったら席をはずす。それも決めていた。だから未練を残すことはない。潔くさっさときりあげた。酒量は決めず、酒乱にならぬ酒。孔子の酒がこれであった。

貧乏だから酒が飲めない。淵明が飲んでいた酒は清酒ではなく濁酒らしい。ものの本によると、酒は冬にしこんで春にできあがる。酒造りの要点は六つ。原料は米。麹は適切な時期に造ること。原料を水に浸し炊くこと。水は香ばしいこと。入れ物の陶器は良質のものであること。発酵温度を適切にすること。こうすれば寒い冬を過ぎ春には飲め、色は黄、紅、緑、白などさまざまあるという。

この酒は程度の高い良質のようだが、淵明の酒は程度が低く、一夜造りのものもあったらしい。一夜造りでも原料は米に変わりはない。米は自分で作るほかない。豊作ならば酒を造って飲めもするが、不作ならば飲むことはできない。貧乏だから酒が飲めないというのは、原料の米の出来不出来で決まるからである。出来不出来は天候次第、淵明がいくら努力してもならぬことである。

酒を最初に造ったのは伝説時代の聖人禹《う》の娘の儀狄《ぎてき》かとされる。儀狄は造った酒を禹に献上したところ、禹はおいしいと思ったのだが、飲むのを止め、

「うまいこの酒で国を滅ぼす者が出るに違いない」

と、言ったという。案の定、時代が下って殷《いん》の紂王《ちゅうおう》は酒をたたえた池を作り、男も女も裸にして泳がせ、肉を懸けた林を作り、夜通し遊びほうけ、国を滅ぼしてしまった。

酒は度が過ぎると国を滅ぼすことになるが、昔の人たちは酒は歓びを与えてくれ、めでたい宴会のご馳走であり、憂い、悩み、不安、恐怖を忘れさせてくれ、老いや病を防いでくれ、最高の薬だとも思っていた。

淵明の飲む酒は心身を滅ぼす酒ではなく、おおむね心身を癒す酒であった。その味はうま

い時もあったし、にがい時もあった。楽しい時も飲んだし、悲しい時も飲んだ。一人で飲むこともあり、人を誘って飲むこともあり、誘われて飲むこともあった。

飲む相手は選ばなかった。淵明より百年くらい前の劉祀《りゅうちょう》は酒好きで、身分の上下に関係なく、だれとでも飲んだ。友人がそれを非難すると、劉祀は言った。

「おれより上の者と飲まんわけにはいかん。おれより下の者とも飲まんわけにはいかん。おれと同等の者とはもちろん飲まんわけにはいかん」

呑兵衛にしかわからぬ、わけのわからぬ理屈。わからぬことを言いながら一日中だれかと飲んだので、一日中酔っぱらっていた。淵明も本心これほど飲みたかったに違いない。

淵明は独り酒を結構楽しんでいる。

穏やかでのどかな春の朝、淵明は洗い張りの春の衣をまとい、東方の野辺にぶらっと出かけた。山々は薄く靄《もや》がたちこめ、大空には薄い雲がたなびき、苗をはぐくむやさしい風が南から吹いてくる。見ると渡し場があり、水は満ち満ちて静かに流れ、そこで口をすすぎ手足を洗い身を清めた。身を清めながら孔子の弟子たちが春着を着て、川のほとりでのんびりと詩を口ずさみ、満ち足りたひとときを過ごしたあの楽しい遊びに、自分を重ねていた。どこまでも広がる景色を遥か遠く眺め、悦に入るとまた遥か遠くを眺めた。〈心にぴたりと会えば満足〉と言うではないか。濁酒一杯飲みほせば、うっとりし楽しくてしかたなかった。穏やかな春の景色と一体となり、濁酒一杯でうっとりする。酒の味はうまく楽しかったであろう。

こんな独り酒もあった。

「わしは世間の連中とのつきあいを止め、日がな一日世俗を超越した人の本を読みあさっている。本を読まない時は琴を弾いておる。畑から穫った今穫《いまど》れの野菜は新鮮だし、去年収穫した米は今年まだ残りがある。何ともうれしいことだ。わが家の食生活も欲をいえばきりがなく、足るを知り必要以上は望まぬことにしている。自前の米でうまい酒を造り、酒ができあがると手酌でやるのだ。この喜びはだれにもわかるまい。わしのそばでは小さい子がふざけ合い、酔っぱらいのたわ言をまね、わけもわからぬ片言をしゃべっている。何とものどかなこの風景。これほど楽しいことがこの世にあるだろうか。何もかも忘れさせてくれる。大空に浮かぶ白い雲を遠くゆったり眺めていると、太古の大昔がいっそう思われてならない」

去年の豊作のお蔭で、今年は酒の原料の米に余裕がある。気をつかわず楽しくうまく飲める酒。淵明の喜びはひとしお大きかった。手酌でやっているそばで小さい子がちょろちょろしている。不作と貧乏に泣かされる淵明に、こんな至福の時間が六十三年の間にどれほどあったであろうか。

独り酒。淵明は独りでいることは苦ではなかったようで、むしろ楽だと思っていたふしがある。独りということはだれもいないということ。だれもいないのは、他に気をつかうことも煩わしいこともなく、自由気ままでいられる。それは淵明の性分にぴたりであった。淵明が役人暮らしを辞めたのも、独りでいることが楽だと考えたからではないか。淵明は独りを楽しんだ人であろう。独りになれる人は強靭なばねを持っており、そういう人は独り暮らしを寂しくつらいとは思わず、むしろ心が晴れ晴れし、清々できると思っているようである。淵明の独り酒は晴れ晴れした気持ち、清々した気持ちで飲むこともあったのではないか。

淵明の独り酒はいつも晴れ晴れと清々した気持ちで飲んでいたのではない。夜中に独りで飲む酒。役人暮らしを辞め百姓暮らし。昼間は田畑で汗水たらして働き、収穫がままならぬ時は喜びも半分。長い夜は思案することも多く寝つかれない。そんな夜たまたま酒があれば、毎晩でも飲みたくなる。飲み相手は蝋燭の明かりで壁に映る影法師。影法師に向かって独り言。こんな酒は酔いも速いが、嫌な酒ではない。酔っぱらったら二、三の詩を作る。駄作。前後のつながりはない。書きなぐった紙は無数。酔いにまかせての憂さばらし。

―双子の兄弟は血は同じなのに、することなすことは違う
―兄はいつもいつも酔っぱらい、弟はずっと醒めている
―素面《しらふ》と酔漢《すいかん》が互いに嘲り、言っていることは通じない
―融通きかぬ素面は愚か、高慢な酔漢が少し上か
―酔漢にひと言申す、日没後は蝋燭を灯して遊ぶのだぞ
淵明は酔っぱらうとこんな詩を作り、憂さを晴らしたという。

淵明は収穫を気づかいながら、隣の農夫とよく飲んだ。
―鋤《すき》を使って畑を耕し、隣の畑の爺さんと笑顔で励ましあう
―耕した畑に遠方からそよ風が吹き、苗も育ち新芽も出はじめた
―収穫のほどは予想つかぬが、こうしたひとつひとつがうれしいのだ
―耕したり蒔《ま》いたりしては休み、休んだ後はせっせと精をだす
―日が沈んだので隣の爺さんと帰り、徳利を傾け労をねぎらう
―歌を口ずさみながら門を閉めた、百姓の仲間入りができただろうか
毎日毎日畑に出て努め励んでも、自然災害に遭えば一瞬にして壊滅。被害のないことを祈りながらの一杯。その味は形容しがたい味ではなかろうか。

収穫を気づかいながら、隣の農夫とこんな酒も飲んだ。

働いても働いても思うようにならぬ淵明は、畑を耕すのを途中で止め、杖をつきつつ帰ることにした。帰りの道は上り下りの険しい山道で、両側にはくさむらが茂っている。淵明は晴れない気分でとぼとぼ山道を上下し、山あいの谷川に出た。そこには大小さまざまな石が転がっており、大の字になれるほどの大きな石もある。その石に腰を下ろし一息ついた。石から下りると澄みきった水で汚れた手足を洗う。気をとりもどして山道を上下し、ようやくにしてあばら屋にたどり着いた。日暮れにはまだ早い。できたての酒を布で漉《こ》し、ついでに庭で餌をつついている鶏をつぶし、隣の農夫に声をかけ飲みはじめた。酒の話はもっぱら収穫のこと。

「食糧は自給せねばならず、倦《う》まず絶ゆまず働かねばならず、働いただけのことはある」

耕すのを途中で止めて帰って来た淵明が、なぜだかこんな話をした。日が沈み部屋が暗くなったので、蝋燭代わりに薪を燃やし、残り少ない鶏をつつき杯をかわしながら、収穫の話が夜が明けるまで続いた。

淵明は収穫を気づかいながらしばしば飲むが、その酒は収穫に対する期待の酒、希望の酒というより、憂いを除く酒、悩みを除く酒ではなかったか。春に種を蒔き秋に収穫するまで、こんな酒を飲まなくてはならないのだ。

淵明が腰を下ろし一息ついた、大の字になれるほどのあの大きな石。その石は淵明お気に入りの石で、田畑への行き帰りこの石にあがって横になり休んだり、酔っぱらってこの石に寝ころんだりした。石には酒を吐いた痕、寝ころんだ耳の痕があるらしい。だれかが「淵明はこの石に酔っぱらい、石も淵明に酔っぱらった」と言ったとか。その近くには手足を洗ったという池もあるらしい。

朝から晩までの田畑の仕事は疲れる。疲れるが仕事を止めることはできない。仕事を終えて一杯やる濁酒。疲れを癒してくれる一杯である。

人間生きるには衣服、食糧が絶対必要。衣服、食糧は他にすがることはできぬ。自給するしかない。働かなくては自給できぬ。とりわけ食糧は働かずして手にすることは不可能。働くことは苦労することである。春のはじめ怠ることなく準備をする。準備をきちんとすれば秋の収穫は期待大。準備の春から収穫の秋までは働きとおす。朝早く星を戴いて家を出る。畑に着いたら微力を尽くす。夜遅く月を背にし鋤をかついで帰る。畑は山の中にある。平地より霜や露はひどく、冷えこみもひどい。百姓は身も心も疲れ、一年中苦労のしどおし。苦労を嫌ったら収穫はない。苦労は覚悟のうえだが、気候不順だけは覚悟できぬ。気候不順は百姓の苦労を台なしにする。苦労を癒してくれるのが濁酒。手足の泥を落とし、軒下に腰を下ろす。徳利に入ったわずかな濁酒。ちびりちびりの酒は、ついつい顔がほころぶ。収穫のことを思いつつ、遠くの山々に目をやる。ほろ酔い気分の目に、なんと隠者の姿が見える。千年前の隠者の姿。隠者と心が触れあった瞬間、千年前にもどった思いがした。

(この思いがずっと続いてほしい。ならば百姓の苦労は苦労ではない)

そう思った。

わずかな濁酒も疲れた心身には回りが速い。千年前の隠者が現れる。夢か現か。淵明は自分は隠者だと思うところがあった。その隠者が現れたのだ。隠者は長沮《ちょうそ》だったかもしれぬし、桀溺《けつでき》だったかもしれない。長沮と桀溺が並んで畑を耕していると、孔子の弟子がやって来て渡し場を問うたので、それには答えず、

「悪人を避け善人と手を組もうとしている孔子に従うのは止め、世俗を避け隠者の暮らしをしているわしらに従ったらどうだね」

と、言い捨てると、蒔いた種に土をかぶせ、畑仕事を止めなかった。淵明はこういう長沮、桀溺の暮らしに関心があった。

片時も杯が手放せない呑兵衛の淵明は、飲みたくても自家製の酒がなく事欠くことが多かった。それを承知の仲間がしばしば酒をさげやって来てくれた。人さまの酒は深い味がし

た。冬の昼間、気心の知れたいつもの仲間がやって来た。

「変わりはないか。さげて来たが一杯どうだい」

「ありがたい話だ」

一本松のふもとに筵《むしろ》を敷き、車座になり腰を下ろした。杯が右へ左へ飛びかう。

「収穫はどうだった」

「まあまあか」

「子らはどうしてる」

「ひもじい思いをしている。いつものことだが」

「もう酔ったのか」

「いやいや」

こんなたわいない会話が飛びかう無礼講。何をしゃべっているのか、だんだんわからなくなる。そのうち酔っぱらって横になる者、いつの間にかいなくなる者、いつの間にか加わっている者、いろいろさまざまである。あまり深酒しない淵明はそばにそびえる一本松を仰ぎ見てこんなことを考えた。

「この松は他の樹木が枯れても、節操を曲げず青々茂っている。冬のきびしさをものともしない怪物か。凛々《りり》として空高くそびえる一本松、その姿はまさに怪物そのものだ。怪物の実体は今はよくわからぬが、わかるのはわが命がはてた後であろう。今できることは飲みかけの徳利を冷たい枝にぶらさげ、〈一本松くん、ありがとう〉と乾杯することだ。乾杯の酒にこそ人生の深い深い味わいがあるというものだ。こんなことは余計なことだ。飲むのが一番。さあさあ飲もう」

一本松に乾杯する淵明。周囲が逆境にあるとき真価を発揮する松。松のようであれとみずからを励まし、乾杯しているのではあるまいか。

「わしの酒好きはもって生まれたもの。だから飲まずにはおれないのじゃ」

と、豪語する淵明が、何を思ったのか、酒を止めると言いだした。それを詩にしたが、止める気はいっさいない。どの句にも「止」の字を使ったお遊びで、自虐の詩である。

――あばら屋を人里に構え、自由気ままでのんびりの暮らし
――高い樹木の蔭で休み、あばら屋の周りをぶらぶら散歩
――好物は畑で穫れる野菜、快楽はかわいい子どもたち
――酒を止める気はない、止めると楽しみがなくなるのだ
――晩酌しないと、朝まで気分よく寝られない
――朝酒しないと、気持ちよく起きられないのだ

――止めようとは思うが、止めると血のめぐりが狂うのだ
――止めたら楽しみがなくなるし、良いことは何ひとつない
――止めたら良いことがあるとか、信じて今朝きっぱり止めた
――今後はいっさい止めて、仙人のいる所に住むことにしよう
――素面をおし通して、千年も万年も生きるとしよう

酒を止めるとは大胆である。いったい何を考えてこんな詩を作ったのか。淵明の酒は命と同等ではなかったか。酒を止めることはすなわち死ぬこと。酒を止めるという宣言は、死ぬという宣言にほかならない。「止めたら気分よく寝られない」「止めたら気持ちよく起きられない」「止めたら血のめぐりが狂う」。止められるはずがない。「素面をおし通して、千年も万年も生きるとしよう」。そんなことはできるはずがない。人を食った話である。

酒を止めることは容易ではない。淵明よりやや前に竹林《ちくりん》の七賢《しちけん》という連中がいた。世の中を斜めに見て暮らし、自由を謳歌した七人の隠者。その一人に劉伶《りゅうれい》という呑兵衛がいた。劉伶は二日酔いで喉がひどく渇いた。渇きを止めようと、下手に出て妻の後ろにくっつき酒をねだった。二日酔いの解消には水でもいいのに酒をねだったのだ。このしたたかさ、呑兵衛劉伶の面目である。妻はとっさに壷にあった酒を寝台の下に隠し、徳利は土間でたたき

割った。そして声を殺してしくしく泣き、流れる涙をぬぐいながら劉伶の体を心配し、

「飲み過ぎです。体をこわすばかりで、長生きできません。お止めください」

と、恐る恐る思いきって忠告した。劉伶はこれを受け、

「まことに立派なお言葉。自分の力では止められぬ。神の力を借らねばならぬ。すぐにお神酒と肉の用意を」

と、言った。納得とも命令とも聞こえる言いかたである。すると妻は、

「承知しました。謹んで用意いたしましょう」

と、鄭重に返した。妻のはからいで酒を止める用意が整った。酒は寝台の下から取りだし、肉はありあわせで済ました。お神酒と肉を神の前に供え、劉伶に禁酒の誓いをたてるよう促した。劉伶は神の前にうやうやしく膝まずき、誓いの言葉を述べ、一世一代の禁酒の儀式がはじまった。

—神は劉伶を生みたまい、呑兵衛で名をなさしめた
—酒量は一度に十斗、二日酔い解消には酒五斗必要
—おなごの言葉なんか、なんで聴くことができよう

誓いの言葉を言い終わるや、劉伶は妻を尻目に酒を引き寄せ、肉を食らい、だれにもじゃまされず酔っぱらい、ぐでんぐでんになった。ぐでんぐでんの二日酔いを直すには、五斗の

迎え酒がいる。劉伶の酒は止まるところを知らない。これが呑兵衛の実体なのであろう。

淵明の酒は劉伶ほどではないにせよ、酒の席での淵明は自由奔放、人を食う面がなくもなかった。

淵明はどんな客人が来ようが、酒があればのことだが、分けへだてなくふるまった。飲むほどに酔うほどに、淵明が先に酔っぱらうと、座にいる客人がどこのどなたであろうが、おかまいなしに、

「わしは酔っぱらっちゃった。眠うてならん。帰ってくれんか」

と、ぬけぬけ言った。言われた客人はどんな気持ちがしただろう。

郡の役人が淵明の所にやって来た。ちょうど酒が熟成していたので、淵明はかぶっていた頭巾で酒を漉し、それを役人に差しだした。漉し終わると、その頭巾をまたかぶった。

郡の長官といえば泣く子も黙る存在。その長官の王弘《おうこう》なる者が、たっての願いとばかり淵明に面会を求めてきた。淵明は病気だとうそをつき断った。そしてこんな言いわけをした。

「わしは生来の世間知らず。それに病気がち。だから断ったのだ。お高くとまっているので

はない。長官殿を不愉快にし、それでいい気になっているのでは毛頭ない。長官殿を見くびるなんて、その罪は重い」

断られた王弘は淵明が外出する時、道中に酒を用意して待ち伏せし、やって来た淵明にふるまった。淵明はそれを気持ちよく飲みだした。そこへ王弘がどこからともなく現れた。淵明はいやな顔ひとつせず酌みかわしたという。

淵明のこうした数々のふるまいは、人々にどう受け止められたであろうか。劉伶ら竹林の七賢のころから儒家のいう礼儀作法にはいっさいこだわらず、自由奔放、思うがままにふるまう風潮が蔓延しつつあったことは確かである。自由奔放、思うがままにふるまうことは、当時知識人と称される連中の認定書であり、決して恥ずべきふるまいでも、面目ないふるまいでもなく、むしろ誇るべきことだったのである。

ところで改めて考えてみると、人は酒を飲むとどうなるのか。酔う。酔うと脳の神経が麻痺する。麻痺すると心身の状態が正常でなくなる。気分が悪くなることもあるが、心を奪われうっとりとし、冷静さを失いもする。陶酔状態になる。陶酔状態になると、人に解放感をもたらす。解放感の境地、陶酔境に入ると、相手は邪魔になる。自分独りの世界に入る。独りの世界に入ると、人はいろいろさまざまなことを考える。これを求めて人は酒を飲む。

淵明は生きること、死ぬことの命に関して格別の関心を持っていた。死にたくない、生きたいと思っていた。死に対する憂い、悩み、不安、恐怖を解消する策のひとつが酒を飲むことであった。淵明は酒を飲んで陶酔し、解放感に浸りたいと思った。

―万物はさまざまに姿形を変え、人間も同じように姿形を変える
―大昔から人はみな死ぬのだ、それを思うと胸底は煮えくりかえる
―わが思いを適えてくれるもの、独り濁酒で気分を晴らすことだ
―千年先のことは何もわからぬ、今の今を楽しく暮らすことだ

短い人生を濁酒で慰める。濁酒で短い人生を慰める。それはしょせん一時の処方。酒を飲んだからといって、寿命が延びるわけはない。淵明の中の一人が、

「毎日毎日酔っぱらって慰める。それで本当に慰められるか。命を縮めることになりはせんか」

と、言っているではないか。命を縮めこそすれ、延びることはないのだ。

長生きしたい。淵明はいつもそう思っていた。女仙人の西王母《せいおうぼ》の話を読んだ後、

「この世に生きてほしいもの、それは酒と長生きだけ。あとは何もほしくない」

と、もらしている。西王母の話を読んだ後、淵明がこんな感想をもらしたのは、仙人の西

王母のようになりたい、との思いを持ったのではないだろうか。

西王母は仙人の総元締め。寿命は神話の世から漢の武帝《ぶてい》まで。無窮の寿命。顔は人間、頭髪はざんばら、尾は豹、爪と歯は虎、よくうなる。居所は黄河の水源があり、高層建築が連なり、甘い水の泉、花の咲く池、さまざまな美玉がある崑崙山《こんろんざん》。チベット新疆《しんきょう》ウイグル自治区との境を東西に走る山脈、その西方にあるとされた。山頂には三千年に一度実がなる桃があり、それを食べるとだれでも不老長生になれる。玉のような紅色の草の実があり、それを一つ食べると酔っぱらって寝てしまい、三百年後に覚めるという。まさに霊山である。

長く生きたい、長く生きたいと言う淵明は、ときどきしょっちゅうこんなことを考えていた。

始めある者は必ず終わりがある。生ある者は必ず死がある。人間死なない者はいない。だれもみな死ぬ。長く生きて百年。そう言われて久しく、疑う者はだれ一人いない。昔々の大昔、赤松子《せきしょうし》、王子喬《おうしきょう》という仙人がいたとか。赤松子は水晶を服用し、火の中に入っても焼けず、風や雨に乗じて山を上下したとか。王子喬の笛の音は鳳凰の鳴き声に似ており、白い鶴に乗り山頂から舞い降りたとか。その仙人は今はどこにいるのか。ここにいる、あそこにいる、と聞いたこともなく、もちろん見たこともない。

雨の続くある日のこと、村の古老が酒をさげやって来た。

「あのな、この酒を飲んだら仙人になれるぞ。飲んでみるか」

言われるまま飲んでみた。するとなんと心中に巣くうもやもやが遠ざかり、何杯も飲むうちに酔って気持ちがよくなり、うっとりした気分になった。陶酔状態。まるで私心がなくなり、無心の心境。身も心もふわふわしながらこんなことを考えた。

「仙人が住む世界はこの陶酔境から遠くないのではあるまいか。不思議な翼を持った白い鶴に乗り、宇宙を一瞬のうちに一周したような気分だ。古老が言うとおり酒を飲めば、仙人になれるのだ。体は衰え元気はないが、心は衰えずちゃんとしておる。宇宙を一周するくらいの心はまだまだ元気だ。その心があれば年は取っても、捨てたものでもあるまい」

仙人になってもいいかと肯定気味だが、一方では、

「地位や財産はまったくほしくない、仙人の住む所なんて行きたくもない」

と、きっぱり否定している。仙人になってもいいかとは酔漢《すいかん》の淵明。仙人を期待しないのは素面《しらふ》の淵明。淵明の心中は一定せず、揺れ動いているのではあるまいか。酒は淵明を仙人の住む世界へ連れて行ってくれる。淵明はまんざらでもなかった。

淵明が隠者に憧れ、仙人に憧れるのは、苦労が報われない世ではなく、苦労が報われる世、

苦労をしなくてもすむ世、そこで暮らしたいと思っていたのだ。淵明は暑い夏のある日、あばら屋の北がわの窓辺でうとうとしていた。青葉を吹きわたるそよ風が寝ている体の上をさっと過ぎてゆく。そんなとき淵明は、

「わしは伏羲《ふくぎ》より前の人間だ」

と、自信たっぷりに言った。伏羲は中国創造の神。淵明は中国を創造した伏羲以前の人間だと言うのだ。伏羲以前は渾然一体、あるがまま。無知、無欲、無心の世界。淵明は伏羲以前の世の暮らしに憧れたのだ。

淵明が求めて酒を飲むのは、解放感に浸りたいからであった。淵明は常に何か漠然とした憂い、悩み、不安、恐怖をかかえていた。最大の憂い、悩み、不安、恐怖は命だったのではないか。自分はどう生きるか、どう死ぬか。その憂い、悩み、不安、恐怖から解放されたい。解放感を求めて酒を飲んだ。

儒家《じゅか》の本にはこうある。

「誠実な行いをし、柔順を願うのが、人間としての善行である」

道家《どうか》の本にはこうある。

「素朴さを大事にし、安静を守るのが、君子としての本源である」

国としては太古の世の素朴、安静の気風が消え失せてしまい、代わって大きな偽り、ごまかしが出てきた。地方では清廉潔白の節度が緩んでしまい、都会では立身出世の感情をあおるようになった。国も地方も都会もがたがた。そのために義を慕い道に志す者が今もなお野に埋もれ、身を清め操を立てる者はむだ骨を折り、いずれみな死んでしまう。世の中のこうした動きを見て、ある者は、

「安住の地はどこにあるのか」

と、言い、ある者は、

「どうしようもないのか」

と、言う。

人はこの世に生まれでて長くて百年すれば、命は朽ちはてなくなる。短い百年をどう生きればいいのか。国も地方も都会もがたがたの今をどう生きればいいのか。淵明は何とも言いようのない不安、恐怖に駆られ、ついつい酒に手が出てしまう。こんな思いから解放されたいと思わずにはいられなかった。

自分はどう生きるか――淵明は自分の生きかたについてはずっと悩んできたが、四十一歳で彭沢《ほうたく》の小役人を辞めた時、自分の生きかたとして一つの結論をだした。

わしの信念を貫く」

「《自然》《わが主義》を曲げ、妥協して生きる。それはわしには到底、いや絶対できぬ。わ

という結論であった。以後、揺るぐことなく信念を貫きとおしたか。

ある日、夜が明けて間もないころ、破れ戸をどんどんどんどんたたく音がする。

「淵明さーん、起きているかやー」

と、言う者がいる。淵明は寝ぼけまなこであわてて戸に手をかけ、

「こんなに早くどなた」

と、声をかけると、

「わしじゃ」

と、言う。見れば隣村の長老の孔不惑《こうふわく》さん。わざわざ遠方からやって来たのだ。

「酒をさげて来たぞ」

朝から一緒に酒を飲もうという魂胆らしい。戸を開けあばら屋に招き入れると、こう言った。

「淵明さん、あんたは何で世間に背を向けておる。なんでこのあばら屋でぼろを着ておる。それが志が高い暮らしということなのかね。世を挙げてみな同じ道を歩むのに、あんたは何で人と違うことをするのかね。世に出て人のために尽くす仕事をしたらどうだね」

そんなお節介はいらぬことと一瞬思いはしたが、うれしくありがたいことだと思いなおし、こう返答した。

「孔大先輩のお気持ち、深く感じ入りました。わたしは性分としてどうも世渡り下手なようです。下手な世渡りから上手い世渡りへ方向転換する。それは《わが主義》に逆らうことになり、できないことです。孔大先輩のお気持ちはほんとうにうれしくありがたいことですが……。お酒をお持ちとのこと。折角のご好意ですから一緒に歓を尽くそうではありませんか」

自分のことをこれほどに思い、朝早く酒をさげ訪ねてくれる隣村の長老。淵明は感謝せずにはいられなかった。淵明はその酒をじっくりかみしめ味わいながら、自分の生きかたを改めて考えてもみた。

淵明は酒を飲んで全身全霊解放感に浸りたい、陶酔境に入りたいと切に思った。心の内にひそむ漠然とした、実体のつかめない思い。それは陶酔境に入らないと、解放されないと思ったのだ。陶酔境に入ってもどうにもならぬのではと思いもした。

―秋の菊は色美しく咲き、露に濡れ菊の花を摘みとる

―それを酒に浮かべて飲むと、世俗を超越したい思いが深くなる

―菊花酒の杯一杯を自分に進め、空になると独りで徳利を傾け注ぐ
―日が西に沈むと動く物はみな休み、鳥は鳴きながらねぐらへ急ぐ
―家の東でのんびりと口ずさみ、まずはこの人生に満足するか

酒、それは忘憂物。憂いを忘れさせる物。その酒に菊の花を浮かべて飲むと、菊と酒が渾然一体となり、渾然となった菊花酒の相乗効果で二倍も三倍も憂いを忘れさせてくれる。菊花酒を飲むと世俗を超越したい思いがさらに深くなると言う。世俗を超越したい思いが深くなるということは、淵明は世俗を超越したいという思いを、心の内に持っていることに外ならない。心の内にひそむある思い、それが漠然とした実体のつかめない思いなのである。その思いは日が西に沈む時間ねぐらへ帰る鳥に託される。託される中身はいわく言いがたい。思うに道家が言う自然（本来の在りかた生きかた、あるがままの心の働きのこと）の理、逍遥（心を無にしてのびのびと生を楽しむこと）の境地、自得（心に適うままに自由自在に楽しむこと）の場を言うのであろうか。

淵明は酒を飲んで世俗を超越し、ねぐらへ帰る鳥から自然の理、逍遥の境地、自得の場に至る人生でありたいと切望する。切望してもその境地に到達することは凡人の淵明にはできないことであった。現実の淵明は世俗を超越できず、自然の理、逍遥の境地、自得の場に至る人生ではないのだ。切望と現実。淵明はそのはざ間で憂い悩み、不安と恐怖に陥る。憂い、

悩み、不安、恐怖から解放されたい。そう思いながら酒に手をだし、陶酔境に入りたいと思うのだ。陶酔境に入ったとしてもそれもつかの間のこと。陶酔から覚めたら現実にもどる外ない。淵明の憂い、悩み、不安、恐怖は終わることはない。

「わしは生存中、存分に酒を飲むことができなかった。残念無念でならぬ」

淵明のこの最期の言葉は、生涯かかえてきた諸々の憂い、悩み、不安、恐怖から解放されることはなかった。そう言いたかったのではないだろうか。淵明は決してただの呑兵衛ではなかった。

# 跋　語——迷い惑う淵明

つぎに掲げる作品を読んでいただきたい。

―願わくは貴女の上着の襟《えり》となり、美しい項《うなじ》の残り香をかぎたい
―ああ薄絹の襟が夜脱ぎ捨てられると、秋の夜が明けぬのを怨んでしまう
―願わくは貴女の裳《もすそ》の帯となり、なまめかしく細い体を縛りたい
―ああ寒さ暑さの気が変わると、古いのは脱ぎ新しいのに着替えてしまう
―願わくは貴女の髪の油となり、なで肩にかかる黒髪を梳きたい
―ああ美人はいつも湯浴みして、白く澄んだ水が油を流してしまう
―願わくは貴女の眉の黛《まゆずみ》となり、遠くを眺める時は静かに揚がりたい
―ああ紅も白粉《おしろい》もまだ鮮やかなのに、美しい化粧にやりかえてしまう
―願わくは貴女の寝台の布団となり、弱い体を秋の三か月癒してあげたい

―ああ模様のある布団に代えられると、何年経っても見捨てられてしまう
―願わくは貴女の絹の履《くつ》となり、白い足にくっついて立ち回りたい
―ああ日ごろの動きにも節度があって、空しく寝台の前に棄てられてしまう
―願わくは昼には影法師となり、いつも体に寄り添いあちこち行きたい
―高い樹には日蔭が多く、時には一緒でないのを嘆いてしまう
―願わくは夜には蝋燭となり、美しい容姿を柱と柱の間に照らしだしたい
―ああ朝の太陽の光が射しこむと、蝋燭の光はたちまち消え失せてしまう
―願わくは竹には扇となり、涼しい風を柔らかな手に含ませてあげたい
―ああ白い露が朝がた降りる時には、襟や袖を思いながら別れてしまう
―願わくは木には桐となり、膝の上の音色のいい琴になりたい
―ああ楽しみが尽きると哀しみが来て、終には私を押しやって音をやめてしまう

これは長い作品の中央部で前後あるが、読後の感想はいかが。この作品の作者はなんと、と言おうか、淵明なのだ。これまでの作風とはまったく違うが、まぎれもなく淵明の作品である。

淵明はなぜこんな作品を書いたのか。この作品の前書きによると、淵明以前すでにこうした作品があり、それをまねたのだと言う。以前の作品は世間を批判し、諷刺する一助となっており、自分も田舎暮らしで暇が多く、作ってみたのだと言う。

これによると、この官能的で衝撃的な作品は淵明の情欲を発露させ、その情欲を満足させてくれる女性を願望したものではなく、正常で健康的な作品ということになるのであろう。時代を問わず情欲がおさえきれない連中に、情欲を静めるよう諭した作品ということなのであろう。

この作品は確かに淵明の他の作風とは趣きを異にしており、「美しい玉に小さな瑕《きず》」と評し、残念がる者もいるし、この評は「幼児の解釈」で、従来の作風と変わるものではないと、弁護する者もいる。この作品を他人がどう評価しようが、この作品を淵明が書いたことは事実であり、この事実を無視することはできない。

人間長く生きて百年。その間一人の人間の考えること、することは多種多様、種々雑多、複雑多岐、一筋縄ではいかない。これが人間の実態。常に揺れ動く、常に迷い惑うのが人間。

人間の奥は深く不可解なことが多いが、回避できぬ生、老、病、死にいかに向きあい、答えは出ずともいかに真剣に考えるか。それをするのが人間ではあるまいか。その意味で淵明は一等の人間であった。《人間は万物の霊長》とはその謂ではないか。

# 追　記——淵明跡に遊ぶ

東晋《とうしん》百年の歴史、地理、風土、政治、思想、文学に興味関心を持ち、いくつかの駄文を弄してきた。

最大の興味関心は西晋《せいしん》が崩壊し、三十万戸の人たちが黄河流域を捨てて長江を渡り、江南《こうなん》の地に民族大移動したことであった。寒冷な北の地から温暖な南の地への大移動は、一方では北への郷愁を忘れることができず、他方では南での生活を創らなければならない。はじめての経験に人々の胸中には大いなる不安と大いなる期待とが交錯したに違いない。

江南に移った当初は亡国の民としての負い目もあり、気が晴れることはなかったであろう。悶々とした日々が続いたに違いないが、時が経つにつれ次第に江南の気候、風土に馴れ、次第に江南の地を楽しむようになり、次第に江南の文化を創るようになった。

六年前の夏八月、《東晋尋訪》と称して、建康《けんこう》（今の南京《なんきん》）を中心に遊んだ。案内者は蕪《ぶ》湖《こ》生まれの知友で、その家族と一緒であった。行程は上海→昆山《こんざん》→蘇州→鎮江《ちんこう》→南京→馬鞍《ばあん》山《ざん》→当塗《とうと》→蕪湖→繁昌→銅陵《どうりょう》→安慶→懐寧《かいねい》→黄梅《こうばい》→九江《きゅうこう》→廬山《ろざん》頂上→廬山麓《ふもと》一周→陶淵明跡、九江→南京（この間は水路）、鎮江→丹陽《たんよう》→常州→無錫《むしゃく》→蘇州→嘉興《かこう》→杭州《こうしゅう》→天台山一帯→新昌→嵊県《じょうけん》→上虞《じょうぐ》→紹興《しょうこう》→蘭亭《らんてい》→余杭《よこう》→海寧《かいねい》→嘉興→上海（通過地を含む）。十二日間にわたりこの眼で観、この耳で聴いた収穫は、言葉では言い尽くせない。淵明が暮らした跡を尋ね歩くことができ、淵明が役人暮らしで利用した九江（昔の尋陽《じんよう》）、南京間舟に乗ることもできた。十八時間の長旅であった。宿願を果たし得て感無量であった。遊びを終えたころから淵明の詩文をそのまま使い、あるいはあれこれ想像して手を加え、あるいは淵明の暮らしや考えかたに思いをめぐらし、淵明の深層にふみこみ、えぐりあぶりだすことができたら、とずっと思い続けてきた。

去年の春四月、晴耕雨読の暮らしに入った。五畝《せ》ほどの畑に精をだすが、畑の収穫で暮らしをたてているわけではない。畑にかける費用を思うと、買う方が安いであろう。淵明ほど朝から夜まで力耕していないし、淵明の苦労の万分の一もしていない。だが報われることの少なさ。これはそれなりに体験した。だが淵明生存中の内憂外患の世相は、今のわが国の世相とは雲泥の差があろう。それを体験することはできないし、想像したところでどうにもならない。わからないことはあまりに多すぎる。

今年古稀。淵明と同じほどに酒好きな性分。淵明より八年長く生きたが、百歳までには三十年ある。愚母は今年白寿。そこまで生き飲んでみたい。淵明ほどではないにせよ、それなりの憂いや悩み、不安や恐怖はある。それを忘れ消すことができるのは、この年になれば酒が手っとりばやい。あの世で淵明に会い、酒談義、人生談義ができたら言うことはない。「酒をひかえて養生し、もっと長生きしたかった。そう思わない?」と、聞いてみたい。淵明はどう応えるだろう。また「生まれ変わっても《わが主義》を貫く気?」と、聞いてみたい。どう応えるだろう。さらに「生きるとはどういうこと?」と、聞いてみたい。どう応えるだろう。

『陶淵明幻視』と題した本書は、こうした思いのもとに書いた。廬山の西南の一角にある淵明の墓。墓の中で淵明はそんなものを書く暇があるなら、畑仕事にもっと精をだし、自給自足の暮らしをしてみろ、とあきれ返っているかもしれない。

本書は先人の多くの方々の業績に負うところが大きい。そのお名前を紹介することは割愛させていただくが、末筆ながらここに感謝の意を表したい。

溪水社木村逸司社長には深甚なる謝意を表さなくてはならない。溪水社からの発行は本書が六冊目となるうえに、〈得体の知れない〉本書の発行をご快諾くださり、発行に際しては種々ご配慮ご助言をいただいた。厚くお礼申しあげたい。西岡真奈美氏には労を惜しまず編集と校正に携わっていただいた。これまた心よりお礼申しあげたい。

平成二十年五月十五日

長谷川　滋成

著　者
長谷川　滋成（はせがわ・しげなり）

昭和13（1938）年生まれ。山口県出身。広島大学文学部中国語学中国文学修士課程修了。広島大学名誉教授。尾道大学名誉教授。

著書（本書関係分）
『東晉詩訳注』（汲古書院、1994年刊）
『陶淵明の精神生活』（汲古書院、1995年刊）
『孫綽の研究』（汲古書院、1999年刊）
『「文選」陶淵明詩詳解』（溪水社、2000年刊）
『東晋の詩文』（溪水社、2002年刊）
論文（本書関係分）
「名望家琅邪の王氏の結婚の実態」（『プロブレマティーク』Ⅰ、2000年刊）
「名望家琅邪の王氏（別派）の結婚の実態」（同上Ⅱ、2001年刊）
「東晋の首都建康及び周辺の環境」（同上別巻１、2002年刊）
「東晋の誕生と五胡の状況及び怪異現象」（同上Ⅲ、2002年刊）
「東晋王朝百年の推移（上）（下）」（同上Ⅳ、2003年刊、同上Ⅴ、2004年刊）
「東晋王朝の州郡県官僚の活動状況（上）（中）（下）」（『尾道大学芸術文化学部紀要』第３号～第５号、2004年刊～2006年刊）
「子夜呉歌四十二首」訳注（『尾道大学日本文学論叢』創刊号、2005年刊）
「子夜四時歌七十五首」訳注（『プロブレマティーク』Ⅵ、2005年刊）
「東晋の人物伝　桓温・桓玄」（同上別巻２、2006年刊）
「東晋の人物伝　謝安・謝万・謝玄」（同上Ⅶ、2006年刊）
「東晋の人物伝　王導・王敦・王羲之」（私家版、2007年刊）
「東晋の詩妖」訳注（『東洋古典学研究』第23号、2007年刊）
「東晋の歌辞」訳注（同上第24号、2007年刊）
「東晋の謡辞」訳注（上）（同上第25号、2008年刊）

陶淵明幻視

平成20年６月20日　発　行

著　者　長谷川　滋成
発行所　株式会社　溪水社
広島市中区小町1－4（〒730-0041）
TEL（082）246－7909
FAX（082）246－7876
E-mail:info@keisui.co.jp

ISBN978－4－86327－024－4　C3098